舞姬

[日]森鸥外 著

文君 译

图书在版编目（CIP）数据

舞姬 /（日）森鸥外著 ; 文君译 . -- 北京 : 现代出版社, 2023.7
ISBN 978-7-5231-0249-7

Ⅰ.①舞… Ⅱ.①森… ②文… Ⅲ.①短篇小说—小说集—日本—近代 Ⅳ.① I313.45
中国国家版本馆 CIP 数据核字 (2023) 第 058335 号

舞姬

作　　者：	[日] 森鸥外
译　　者：	文　君
责任编辑：	王传丽　王　羽
出版发行：	现代出版社
通信地址：	北京市安定门外安华里 504 号
邮政编码：	100011
电　　话：	010-64267325　64245264（传真）
网　　址：	www.1980xd.com
印　　刷：	固安兰星球彩色印刷有限公司
开　　本：	880mm×1230mm　1/32
印　　张：	7.75
字　　数：	154 千字
版　　次：	2023 年 8 月第 1 版　印　次：2023 年 8 月第 1 次印刷
书　　号：	ISBN 978-7-5231-0249-7
定　　价：	49.80 元

版权所有，翻印必究；未经许可，不得转载

目录

舞姬　　　　　　　　　1
泡沫记　　　　　　　　24
信使　　　　　　　　　46
游戏　　　　　　　　　65
雁　　　　　　　　　　81
山椒大夫　　　　　　　183
鱼玄机　　　　　　　　218
高濑舟　　　　　　　　233

舞姬

1890年1月

　　船上的煤炭已经装完了。这间中等船舱里极为静寂，空有弧光灯闪烁着光芒。每晚都在船上玩牌的同伴，今夜都去旅馆投宿了，只有我一个人还留在这里。

　　这件事要追溯至五年之前。那时，我终于实现了多年的愿望，奉政府之命出国考察。在路过西贡港口时，沿途的一切都让我备感新奇，于是，每天都写下数千字的纪行见闻登诸报端，引来了无数赞赏。现在忆起，不过是一些幼稚思想和狂言妄语罢了。否则，把当地一些寻常的花鸟鱼虫和风俗人情都当成奇闻趣事记下来，就足够被方家取笑了。这一次出发前，我还特意买了一个记事本，想着专门用来写日记，但至今仍是一片空白。这难道是因为我在德国留过学，所以对这些都司空见惯了吗？不是的，这另有原因。

　　确实，今天学成东归的我，已经不是昔日出洋的我了。虽然我在学业上不能尽如人意，但也晓得了人心难测，经历了世事艰难，即使是对自己的内心，也变得不能洞悉了。假如自己把这种"今非昔比"的瞬间感悟记录下来，又能希望谁看到呢！这是我不写日记的原因吗？不是的，这另有原因。

啊！轮船驶离布林迪西港[1]已经二十多天了。依据常情，此时，即使是萍水相逢的陌生人，也应该彼此熟络，开始闲聊来相互慰藉旅途的寂寞了。但我却以身体不适为借口，一直躲在客舱里，就连与熟识的同伴都很少交谈，其实，我正因一件别人不知的怨恨之事而烦恼着。起初，这事如乌云压顶，使我无心于瑞士的湖光山色，也无意于意大利的名胜古迹；继而，又让我产生了悲观厌世之感，只觉得人生苦短，回肠九转；现在，已成云翳郁结心头，看书或做事都难以舒缓，这种伤痛如影随形，绵绵的情思时刻都在啃噬着我的心。唉！此怨此恨如何解开？假如是别样情事，还能以诗词遣忧。但唯有这种铭心刻骨，无论如何也不能排解。今夜无人打扰，侍者熄灯尚需些时辰，趁此时我且将这事向各位叙说一下吧。

我自幼家教甚严，虽然早年丧父，但在学业上未敢懈怠，不管是在旧藩[2]学馆，还是在东京上预科，甚至考进大学法律系后，我太田丰太郎之名在班级里也始终是独占鳌头的。这时，想必与我相依为命的母亲，内心也得到了很大的慰藉。我十九岁时就获得了学士学位，被众人交口称赞，因为这是大学自开

---

[1] 意大利亚得里亚海沿岸的港口城市。
[2] 明治维新后，称江户时代（1600—1867）诸侯的领地为旧藩。

办以来前所未有的荣誉。后来我到某部任职，母亲也随我来到了东京，我们一起度过了三年多的快乐时光。我深得上司的赏识，因此，委派我出国考察。我想，这正是自己开始飞黄腾达的良机，兴奋异常，即使不能再与五十多岁的老母厮守，也没有觉得有多少伤感。于是，我离开家乡，跨越重洋，来到了德国的柏林。

在莫名的功利之心驱使下，我养成了勤奋苦学的习惯。忽然立身于这座欧洲新兴大都市之中，我被灯红酒绿的光彩耀得眼花缭乱，被纸醉金迷的柔情晃得神魂颠倒。那条"大道直如发"的柏林菩提树大街[3]，虽然街名"菩提树"会让人有静幽之感，但来到此处就会发现两旁人行石道上行人如织。当时还是威廉一世皇帝临街凭栏远眺的时期，军官身穿礼服，上佩彩饰，挺胸耸肩的样子显得很威风；少女比照巴黎的艳丽款式，把自己打扮得靓丽无比，如此等等都无不让人心慌意乱。马车样式林林总总，在柏油铺就的路面上飞奔；喷水池在高楼大厦之间的空地上溅起潺潺细水，就像空中不约而至的淅沥小雨。抬眼远望，穿过勃兰登堡门，可以望见绿树掩映下的凯旋塔女神像。这众多景物一时间尽收眼底，让我这样一个初到此地的人顿时感觉目不暇接。但我暗下决心："即使外面的世界繁花似锦，我也要心静如水。"我希望用这一豪言来抗拒外界的诱惑。

我拉响了门铃，向对方通报了姓名，并出示了公函和说明了来意。德国官员亲切相迎，并约定只要使馆方面办好了手续，

---

[3] 柏林菩提树大街，长1475米，宽60米，是欧洲著名的林荫大道。

任何事都可随时给予关照。可贵的是，我在国内学了德语和法语，和他们初次见面，却没人问我的德语何时学到了如此程度。

我想在公事之余进入当地的大学进修政治学，这在事先已经报批上级并得到了允许，于是我便去办了登记手续。

一两个月后，公事商洽已经办妥，考察的工作也逐渐有了进展，于是我先把一些急件写成了书面报告寄回国，非急件也写好整理订成了几大卷。可是，入大学进修的事就不像我想的那样简单了，学校根本就没有专门培养政治家的课程。我思虑再三，最终选择了两三位法学教授的课，交过学费后便去上课了。

就这样，三年的光阴如梦一般过去了。每个人都是本性难移的，只要时机成熟，就会露出端倪。我向来恪守父亲的遗训，遵从母亲的教诲。小时候，我经常被人夸为神童，但从不以此自矜，仍旧孜孜求学。即使后来进入官场，上司对我的能力称赞有加，我做事则更加谨慎，从未想过自己已经成为一名循规蹈矩的机器人了。如今，我在二十五岁时，不知不觉间被大学里自由的风气熏陶着，内心不免产生波动，潜意识中的真我终于觉醒了，开始反抗平日里那个道貌岸然的旧我。此时我幡然醒悟，自己既不适合当呼风唤雨的政治家，也不适合做执法断案的大法官。

我想：母亲希望我当一本活辞典，上司则想把我打造成一本活法典。当活辞典尚可勉为其难，而做活法典却是难以忍受的。因此，之前，无论问题如何琐碎，我都郑重答复；但是，近来在寄给上司的信件里，我竟然宣扬起不必拘于法律细节，只需领会法律精神实质，那纷纷万事便可迎刃而解之类的话。在大学里，我早把法律课程弃于一旁，将兴趣转至文史上，并日渐沉迷其中。

上司原本想要把我打造成一个供他驱使的工具人，怎会认可一个思想独立、我行我素的人呢？因此，我当时的处境便有些不太妙了，不过这还不至于威胁到我的地位。柏林留学生中有一群颇为有势的学生，我与他们的关系一直不太好。他们对我横加猜测，甚至加以诽谤诬告，然而，发展至此也并非毫无端倪。我从不跟他们一起喝酒，也不和他们一起打台球。他们便说我冥顽不灵，假仁假义，对我倍加嘲讽和忌妒。其实，这一切都出于他们对我的不了解。唉，我自己尚不自知，何求别人了解呢？我自身心如处子，又似合欢叶儿一触即躲。我从小便对长者言听计从，不管是求学还是任职，都不是听从自己的内心想法。纵然表面上努力刻苦，其实，也只是自欺欺人，不过是跟随前人的脚步罢了。我之所以能够守身如玉，不被诱惑，并非主动严于律己，只是自己对外界深感恐惧，自我封闭罢了。在出国前，我毫不怀疑自己一定能有所作为，也相信自己坚韧不屈。唉，真是此一时彼一时啊！轮船离开横滨港口时，一向以顶天立地的男子汉自居的我，居然泪如雨下，将一块手帕全都打湿了，这连自己都难以想象。然而，这就是我的本性。这种本性是生来如此，还是因为早年丧父、在母亲的一手培养下造成的呢？

那些学生嘲笑、忌妒我不足为奇，但忌妒我这样一颗脆弱敏感的心，真是愚蠢至极！

看见打扮得浓妆艳抹、坐在咖啡馆门口揽客的女人，我没有勇气上前搭讪；遇到头戴高帽、鼻架眼镜、一口普鲁士贵族口音的"花花公子"，我就更不敢跟他们交往了。既然缺乏勇气，自然也就无法和那些活跃的同胞交往了。彼此的不断疏远，使他们对我嘲笑、忌妒，并且猜忌。这正是造成我蒙冤受屈，在短暂时日内便饱尝世事辛酸的缘由。

那一日黄昏时分，我独自在动物园散步，走过了菩提树大街，便想返回珍宝街的寓所。我在途中会经过修道院街的一座旧教堂，从灯火通明的大街上走进昏暗的窄巷时便会望见。教堂的对面有一栋出租的公寓，公寓楼上有一户人家在栏杆上晾着床单、衬衣之类的东西，彼时还没有收进去；楼下是一家小酒馆，一个大胡子的犹太人站在门口；楼房有两座楼梯，一座直通楼上，另一座通向在地下室居住的铁匠家。记不得有多少次，每当我仰望这座拥有三百年历史的旧教堂时，都会茫然地伫立良久。

那一天，我经过那里时，见一位少女倚在上了锁的教堂大门上，不住地抽泣着。她看上去十六七岁的样子，衣着整洁，金发被头巾收拢着。她听到了我的脚步声，便回过头来。我不曾拥有一支诗人的妙笔，无法用文字来描绘她的美貌。她那闪烁着泪光的长睫毛下，是一双清澈似水、含愁蕴怨的碧眼。不知为何，她这一瞥直接穿透了我的心底，矜持如我，也情不自禁地为之所动。

她一定是遇上了什么不幸之事，才会不顾颜面地站在那里哭泣。我心中陡生的爱怜之情，顿时战胜了自己的羞怯。我不由自主地上前问道："你为什么哭泣啊？我是一个外国人，不要有什么顾忌，也许可以帮帮你。"当时，我都被自己的大胆惊呆了。

她惊讶地凝视着我亚洲血统的面孔，或许是已经被我的真情感染了。"看样子你是一个好人，不像他那么残酷，也不像我妈妈……"她刚停下的泪水又顺着那惹人怜爱的脸颊流了下来。

"请你救救我啊！不要让我堕落了。妈妈因为我不肯听从她就打我。我的爸爸刚刚去世，明天要下葬，可家里连一分钱都没有。"

说完，她便又开始哽咽啜泣起来。当时我的双眼只是注视着这个少女低头哭泣时不住抖动的脖颈。

"让我送你回家吧。你先冷静一下。这里人来人往，不要让别人听见你的哭声。"

她刚才说话时，不知不觉地便将头靠在了我的肩膀上。这时候，她忽然抬起头来，好像才发现我，便面带羞色地躲开了。

大概是怕人看见她的样子，她走得很快。我跟在后面，走进了教堂斜对面的公寓楼大门。登上有些残破的楼梯，来到四楼的一扇小门外，那门要弯腰才能进得去。门上有一个用锈铁丝绞成的拉手，那个少女用力拉了一下，里面有个老太婆的声音传来："谁呀？"还没等她说完"爱丽丝回来了"这句话，门便"砰"地一下打开了。那个老太婆头发花白，相貌还不算凶狠，额上布满了酸苦的皱纹，身穿一件旧绒衣，脚上是一双脏拖鞋。爱丽丝向我点了点头，然后走进了屋里。随后，老太婆好像迫不及待似的，使劲把门关上了。

我在门外茫然四顾，无意中借着煤油灯光看到门上用漆写着"爱伦斯特·魏盖鲁特"，下面还写着"裁缝"。这大概就是这位少女亡父的名字了。我听见屋子里好像有争吵的声音，过了片刻又安静下来。门又被打开了，老太婆走出来，为刚才的失礼向我道歉，并请我进屋去。进门处就是厨房，右面是一扇低矮的窗户，上面晒着洗白的布帘；左面是一个简陋的砖砌炉灶；正面是一间房，门半开半闭，屋里有一张床，上面蒙着白布。床上躺着的可能就是死者了。老太婆打开炉灶旁的门，让我进去。这是一间朝向街道的阁楼，没有天花板，梁木从屋顶斜着伸向窗户，棚顶上糊着白纸。矮得抬不起头处有一张床。中间有张桌子，桌上铺着好看的台布，摆着一两本书和一本相册，花瓶里插着一束名贵的鲜花，与这间寒酸的房间不大相称。此时，那个少女羞涩地站在桌旁。

她长得无比漂亮。乳白的脸颊在灯光映照下微微泛红，手脚纤细，婀娜多姿，一点都不像是穷苦人家的女儿。老太婆出去后，少女这才开口说话，语调中带着土音："我带您到这儿来，请原谅我的苦衷。您肯定是一位好人，不要见怪。爸爸明天就要下葬，我本打算去央求勋伯格，也许您不认识他。他是维多利亚剧院的老板，我在他那里工作了两年。我本以为他能帮助我们，不料他竟然乘人之危，对我有非分之想。请您帮帮我吧！

今后哪怕我不吃饭，也会从微薄的薪水里省出来还给您。要不然，我只好依照妈妈的意思去做了。"说着话，她泪眼婆娑，浑身不停地颤抖。她看我的眼神非常迷人，让我难以拒绝。她这一眼秋波，不知是有意做作，还是天生的风韵使然？

此时，我的兜里只有两三个马克银币，这点钱自然不够用，于是，我把自己的怀表放到桌上，说道："请先用这个救救急吧。你可以让当铺的伙计到珍宝街三号来，找太田取钱就行。我会把钱给他们的。"

少女显得极为惊讶和感动。告别时，她竟吻住了我伸出去的手，手背上还留下了她点点的泪水。

唉，这真是孽缘啊！这件事后，那位少女亲自到我的寓所来表达谢意。当时，我整日里枯坐窗前读书，右手叔本华，左手席勒，现在居然又插上了一朵名贵的鲜花。从那时起，我和这位少女的交往日渐多了起来，这连我的同胞都注意到了，他们胡乱猜测我肯定是找舞姬来寻欢的。其实，我们两人之间只是存在一些天真无邪的乐趣。

同胞中有个好事之人——我在这里不想提起他的姓名——竟然写信到我上司那里诽谤我，说我经常流连于剧院之中，结交一些舞姬。上司本来就以为我在求学方面已经步入歧途，对我很是不满，一听说这种事，便通知了使馆，将我罢免了公职。公使在传达这个命令时说，如果即刻回国还可以给予路费，假如违抗不走，那就不会再给予任何资助。我请求宽延一周，让我考虑一下。祸不单行，当时，我正处于伤心欲绝之中，因为我接到了此生最令我悲痛的两封几乎同时寄来的信：一封是母亲的绝笔信，另一封是亲戚写来告诉我慈母过世情形的信。母亲信中的内容不忍再提，每每想起便热泪盈眶，使我无法下笔。

直到这时，我与爱丽丝的交往都比别人想的要清白。因为家境清贫，她没有接受足够的教育，十五岁时便跟随舞师学艺，从事这个被人认为低贱的职业。出师之后，她在维多利亚剧院演出，不久就成为剧院舞姬中的第二名角。但正如诗人海尔格兰德[4]所说，舞蹈演员好比"当代奴隶"，身世都是非常凄惨的。为了一点微薄的薪水，白天练功，晚上登台。虽然进入化妆室，个个都浓妆艳抹，盛装艳服，但出了剧院就常常是衣食难以为继，至于那些有父母需要赡养的，更是有难以言说的辛酸。所以，据说她们中有不少人不得不沦落至卖身的地步。爱丽丝之所以能幸免，一是因为她做人本分，二是因为有要强的父亲倍加呵护。她从小喜欢读书，但所读的书大都是从书店里租来的庸俗小说。我们相识后，我借给她书看，她因此逐渐体会到了书籍的趣味。她不断纠正之前的错误，没多久在给我的信里的错字便减少了。这样说起来，我们之间首先是师生的情谊。当她听说我突然被撤职时，立刻大惊失色。但我没告诉她，这事与她有关系。她要我别把这事告诉她的母亲，怕母亲知道我没有官费资助后，会让她离开我。

唉，其中有些细节我就不必在这里说了。恰在这时，我对

---

[4] 海尔格兰德（1816—1877），德国诗人，作家。

爱丽丝的感情突然热烈起来，我们最终变得难分难舍。有人对我不理解，甚至对我加以责备，认为我不该在人生紧要关头犯下如此错误。可是，我和爱丽丝相见之时，我对她的爱便深植于心底。如今，她对我的不幸遭遇表示非常同情，又因要离别而难掩悲伤地低下了头。她的几缕秀发拂过脸颊，那情景是如此妩媚动人，深深刻在我这因各种刺激而不大正常、伤心欲绝的脑海之中，让我在恍恍惚惚之中行至此处，徒呼奈何！

公使约定的日期就要到了，我的命运也即将揭晓。如果就这样归国，不但学无所成，还要背负骂名，今生今世都难有出头之日。但若留下，我的学费却无着落。

当时，帮我渡过难关的是此刻正与我同行的相泽谦吉。他那时在东京，担任天方大臣的秘书官。他在政府官报上看到我被撤职的消息，便向某家报社的总编提议，任用我做该社驻柏林通讯记者，负责政治和文艺方面的报道。

报社给的报酬虽微不足道，但我想自己只要换个便宜些的公寓居住，最低水平的生活还是可以维持的。这时，爱丽丝诚心诚意地来帮助我。她努力说服了母亲，让我在她家里寄宿。不知从何时起，我们就把各自微薄的收入合为一体，在飞逝的时日里苦中作乐。

每天清晨，爱丽丝喝过咖啡后便去排练，如果不排练就待在家中。我就到国王街的一家门面很窄、进深很长的休息所去浏览那里所有的报纸，然后用铅笔把各种资料抄录下来。在这间靠天窗采光的房间里，有些是不务正业的年轻人，也有靠放贷悠闲度日的老人，还有一些是从交易所出来放松的生意人。我与他们混在一起，在冰冷的石桌上奋笔疾书，就连年轻的侍女送上的咖啡放凉了也顾不上喝。墙上并排挂着许多种报纸，都用木头报夹夹着。我不住地过去更换报纸，不知别人会怎样猜测呢！一点左右，从剧院排练回来的爱丽丝，会顺路到这里找我一起回家。对这个身材婀娜、容貌秀丽的少女，一定会有人看见后感到惊奇。

我的学业彻底荒废了。靠着屋顶一盏昏暗的灯光，爱丽丝会坐在椅子上做针线活，我就在她旁边桌上撰写新闻稿。与之前拼凑那些枯燥乏味的法律条文毫不相同，这是在综合报道诡谲多变的政界要闻和有关文艺界的新思潮流派等。与其说我是学皮约尔涅〔5〕，毋宁说我是尽可能在用海涅的构思法写各种文章。其间，德皇威廉一世和腓特烈三世相继崩殂，新皇继位，俾斯麦首相去留等问题，报道极为详尽。所以，这导致我忙碌不停，根本没时间翻阅自己的那些藏书，更不用说温习学业了。我的大学学籍虽然还保留着，但因为缴不上学费，即使只选修一门课程，也难得去听上一次。

我的学业虽然荒废了，但也增长了其他的见识。为什么这么说呢？当时欧洲各国在民间学术的普及方面，德国遥遥领先于其他国家。许多非常有见地的论文，都散落在数百种报刊上。

---

〔5〕 皮约尔涅（1786—1837），德国作家，受政府压迫避居法国，曾同海涅进行过论辩。

做了通讯记者后，我以在大学培养的敏锐眼光，通过这些时日的大量阅读和摘抄，不断拓宽了自己的知识面，如今举一反三，整理归纳，已经达到了本国留学生梦寐以求的境界。他们中间的某些人甚至连德国报纸的社论都不会看。

明治二十一年的冬天降临了。大街人行道上的积雪已被铁锹铲除，铺上了沙子。修道院街附近的路面上结了层薄冰，坑坑洼洼的已经看不出。清晨出门，地上常散落着冻死的麻雀，看着让人心生怜意。房间内虽然生火取暖，但北欧的寒冷照样能够穿透石墙，渗进棉衣侵蚀体肤，真是令人难以忍受。前些日子的一个夜里，爱丽丝晕倒在舞台上，被人扶回了家。从那之后，她便说不舒服，只能在家休养，吃了东西便想呕吐。最终，还是她的母亲首先意识到，她不会是怀孕了吧？唉，正当我前途渺茫、衣食无着之际，如果真是如此，那我该怎么办呢？

周日这一天，我待在家中，郁郁寡欢。爱丽丝此时还不至于卧床不起，她坐在火炉边的一把椅子上，也是默不作声。这时外面传来叩门声，过了片刻，爱丽丝的母亲从厨房进来，交给我一封信。信上的字体我很熟悉，一看便知是相泽的笔迹。信封贴的是德国邮票，盖的也是柏林邮戳。这让我有些纳闷儿，折信看里面："事有紧急，未及告知。天方大臣已于昨晚抵达柏林，我办随行。大臣拟召你见面，望速速前来。此乃恢复名誉之良机。匆匆，不赘。"爱丽丝见我看完信的神情茫然，便问："是家乡的来信吗？不会是坏消息吧？"她可能以为又是报社关于报酬的事。"不是的，不用担心。是你知道的那个相泽陪着大臣到了柏林，叫我去见上一面。事情紧急，我必须马上动身。"

即使是母亲打点独子出门，怕也不及爱丽丝的周到妥帖。她考虑到我要拜见大臣，便扶将起来，给我找来一件雪白衬衫，拿出保存完好的双排对扣礼服，就连领带也是她给我系好的。

"你这样谁敢说不体面！照照镜子看看！怎么还是一脸不高兴的样子啊？我也想跟你去见识见识呢。"接着她郑重说道，"换上了这身衣服，你就不像是我的丰太郎了。"她沉吟片刻，又说道："假如有一天你飞黄腾达了，即使我不是母亲说的那种病，你也不会抛弃我吧？"

"什么飞黄腾达啊？"我苦笑道，"这几年来，我早就没了进入官场的想法。我并不是想见大臣，只是和阔别多年的朋友见上一面罢了。"爱丽丝的母亲叫来了一辆最好的马车，车轮碾过大街上的积雪，停了窗下。我戴好手套，披上不算干净的大衣，拿起帽子同爱丽丝吻别后，便走下了楼。她打开了结冰的窗户，任凭寒风吹着她的乱发，目送着我登上马车离去。

我在皇家饭店的大门处下了车，向侍者打问好了相泽秘书官的房间号码，便踏上了很久没有走过的大理石台阶。我先走进了衣帽间，中间柱子旁摆着铺有长绒的沙发，正面竖有一面穿衣镜，我脱下了大衣，然后顺着走廊来到相泽的房门前。此刻，我不禁有些迟疑：大学读书时，相泽曾极为称赞我的品行良好，今日不知他会用何等目光看我。我终于走进了房间，相泽的外表比以前略胖，更加魁梧，性情却依旧豪爽。他对我有失检点的传闻似乎并不介意。我们来不及畅聊旧情，他便带我去拜见天方大臣。其实，大臣要我办的事情，就是翻译一份德文的紧急文件。我接过文件后便退出了房间，相泽也随我出来，邀我一起吃午饭。饭桌上多是他问我说，由此可见，他职场顺遂，而我却命运多蹇。

我敞开了心扉，将我所遭遇的不幸一一诉说。相泽听后不免感到吃惊，他不但没有责怪我，反而不断斥责那帮庸俗之徒。等我说完，他又规劝我一顿。大致是说，这事之所以发生，固因你天性懦弱，事已至此，多说无益。但是，作为才学兼备之人，怎能为一少女之爱，而毫不考虑前途地长相厮守呢！当前天方大臣借重你的德语能力，他知道你当时为何被革职，因而早已有了成见，我也不便劝他改变。大臣如果看出我对你有意维护，不仅对你无益，对我自己也是不利的。推荐一人，首先要展露其才。你当以能力取信于他。再说，你同那个少女之事，即使她情真意切，彼此无比恩爱，这样的爱情也并非出于羡慕你的才华，只是男女间一时的情投意合罢了。你该痛下决心，与她断绝了这种关系。

如同迷失于海上之人见到了远山，相泽为我指明了出路。但这远山尚在深处浓雾中，何时才能到达呢？即使能够到达，我是否就能志得意满呢？这也实在很难意料。自己眼前的生活虽然清苦，但也时常会有乐趣，对爱丽丝的爱意让我实在难以割舍。我这颗懦弱的心一时间竟然没有了主意，暂且先听了朋友的劝告，同意他断绝这段情事吧。为了顾及身份，我同自己敌对的一切尚能抵挡一番，然而对于朋友，我却难以说一个"不"

字出来。

告辞之后便出了门，寒风扑打着我的脸庞。饭店的餐厅镶有双层玻璃门窗，还有陶制火炉。我走出来时正是下午四时，寒冷瞬间穿透了我那单薄的大衣，让我的身体实在难以禁受，不禁起了鸡皮疙瘩，就连心里也袭来一丝寒意。

只用一个晚上便完成翻译任务后，我到皇家饭店去的次数也就多了起来。刚开始时，大臣只和我谈一些公事；后来就会提起一些国内发生的事情，询问一下我对此的见解；他偶尔也会聊一些旅途趣事，说完便哈哈大笑起来。

这样过了约一个月的时间，有一天大臣突然问道："我明天就要去俄国了，你能随我走一趟吗？"相泽公务繁忙，我已经有好几天没有见到他了。大臣这一问，我顿感意外，赶紧答道："怎敢不从。"说起来真是惭愧，我这个回答并不是当机立断的结果。当我信任的人突然请求我做任何事时，我大都会顺口答应，而不经思考该如何抉择才算合适。话一出口，即使马上觉察出对方有点强人所难，也是覆水难收，只能尽力去践行自己的承诺。

那一天，我拿着差旅费和翻译费回到了家，把翻译费交给了爱丽丝，这笔钱足够她和母亲维持到我从俄国归来。爱丽丝告诉我，经医生检查，她确实怀孕了，而且因贫血需要休养几个月。剧院的老板以她请假时间太长为由把她开除了，其实，她总共才请了一个月的假。老板对她如此刻薄，可能另有原因。对我赴俄旅行的事，爱丽丝表示并不担心，她仍然坚信我们之间的情意不会改变。

我们这次乘火车从德国去往俄国，路途并不太远，所以不需要准备太多的东西。我只租借了一套合体的黑礼服，又买了一本哥达版俄国皇室贵族名录和两三本辞典，一起收进小皮箱里就行了。这些天来的事情很多，我走后，爱丽丝待在家中肯定会觉得烦闷，更怕她到车站为我送行时会哭起来，所以，第二天早上我便让她的母亲陪她去朋友家做客了。我把行李收拾好，锁好了门，把钥匙交给楼下的鞋铺老板便离开了。

关于这次俄国之行，怎么说呢？翻译这个工作，居然让我的人生前途一片光明。陪同天方大臣在圣彼得堡停留的那段时间，围绕在我身边的是：皇宫在一片冰雪中由巴黎的奢华装饰所呈现的金碧辉煌，在无数烛光灯影中闪耀着光芒的肩饰与勋章，在精雕细刻的壁炉燃起熊熊火焰时不闻屋外寒风的宫女轻摇的羽扇光亮。大臣随行的人中，我的法语说得最为流利，所以宾主间办事所需要的交流沟通，自然是我了。

在这些天里，我当然没有忘记爱丽丝。她几乎天天都会寄信来，怎么可能忘掉她呢？我起身出发的那天，她害怕孤枕难眠，便在朋友那里交谈至深夜，等人都实在困倦了，才回家倒头就睡。次日清晨醒来，恍惚间发现孤身一人，她就怀疑身在梦中。起床之后那种孤冷的意味，哪怕是在衣食无着的日子里也未曾有过。这就是她第一封信的大致内容。

之后几天，她寄来的另一封信，很可能是在心情非常痛苦时写的。信由一个"不"字开始："不，至今我才知晓，我对你的思念如此之深！你曾说，家乡已没有了亲人，在这里只要能生活下去，就会一直留下来。而我也想用我对你的爱把你留下。假如这里留不住你，你一定要回国去，那我和妈妈可以跟你一起回去，这对我们来说并不难，只是那笔巨额差旅费不知如何筹措。所以我常想，无论如何也要想方设法在这里生活下去，直到你有了出头之日。但你这次短期出行刚刚过了二十来天，离别之愁便已日益加深了。我原本以为离别只会痛苦一时，这个想法竟是何等糊涂。我的身体越来越不便了，看在这个情面上，无论如何请一定不要抛弃我啊！我和妈妈大吵了一场，她见我非同寻常地坚持己见，也就软下心来。她告诉我，假如我随你去日本，她就去投靠什切青乡下的一位远亲。你来信说自己深受器重，既然这样，那我们的路费应该不成问题了吧。现在，我只一心盼着你回到柏林来。"

唉！看到这封信，我对自己现在的处境才有所感悟。我的心如此迟钝麻木，真是令人羞愧啊！我向来自负，之前不管是对自己的取舍，还是对和我不相干的他人之事，都非常果断。可是这种果断只会发生在顺境中，而不会作用于逆境之时。当我心里那块洞悉事理的明镜照射到自己与别人的关系时，便变得模糊不清了。

天方大臣待我甚是宽厚。但由于我见识短浅，只注意到了自己应尽的职责，至于是否把这一切同我的未来人生联系起来，天知道我根本就没考虑过。现在这一切都已明了，我的心情怎么可能平静呢？当初朋友推荐我时，大臣的信任如屋顶飞鸟般遥不可及，现如今似乎已经有了一些把握。相泽在近日的交谈之中，也曾透露出一些消息，假如回国后彼此如何继续相处云云。或许大臣曾经说过此意，只是碍于当前公事尚不能挑明，即使是故交旧友，相泽也不好向我明说吧？现在仔细回想，我曾轻率允诺，要同爱丽丝断绝关系，这话他很可能已经报告给大臣了。

唉！初到德国时，我自以为有了自知之明，发誓再也不做循规蹈矩的机器人了。但这就像被缚住脚的小鸟放出了笼子，暂且能扑翅飞翔，便以为获得了自由。脚下的缚索根本无法摆脱，以前这缚索握在我的前任上司手中，唉，说来可怜，如今又握在了天方大臣的手里。

我跟随大臣回到柏林时，正好是新一年的元旦。在车站分手后，我便乘车回家。当地至今还保留有除夕整夜不眠、元旦白日睡觉的习俗，所以大街上一片寂寥。天气极寒，路两旁的积雪都化成了棱角分明的白冰，在明媚的阳光下晶莹耀眼。马车进入修道院街后，停在了家的门口。这时我听见了开窗的声音，在车里还不能望见。我让车夫帮我提着皮箱，正要上楼，爱丽丝便迎面从楼里跑出来，她大叫着搂住了我的脖子。车夫见了一愣，嘴里咕哝着什么，大胡子也跟着在动。

"太好了，你终于回来了！再不回来，我都快要想死你了！"

直到这时，我的心还在一直摇摆不定，思乡与功利之心，曾经压过儿女之情占据了上风。只有在这一个瞬间，一切思虑都被抛诸九霄云外，我紧紧拥抱着爱丽丝，她的头倚靠着我的肩膀，兴奋的眼泪不觉间打湿了我的肩头。

"放到几楼？"车夫像打鼓似的喊道，双脚早已登上了楼梯。

爱丽丝的母亲也迎了出来。我把车费交给了车夫，爱丽丝便拉着我的手，匆匆忙忙地走进了屋里。我进屋一看，不觉大吃一惊，只见桌上摆满了白布和白花边之类的东西。

爱丽丝指着那堆东西笑着问道："你看我准备得如何？"说着便拿起了一块白布，看样子是一副襁褓，"你想想我心里有多高兴吧。孩子生下来肯定长得像你，有一对黑色的眼珠。啊，我连做梦都能看见你的这对黑眼珠。孩子生下来后，你这个好心人，不至于不想让他跟你的姓吧？"爱丽丝低下了头。"你不要取笑我的幼稚，等去教堂领洗礼的那天我该多高兴啊！"她抬起头来望着我，眼睛里满是泪水。

两三天过去了，我心想大臣一路劳顿，恐怕还没有恢复，也就没有去拜访，只是待在家里。这一天的日暮时分，大臣派人来请我相见。到了那里，大臣对我以礼相待，寒暄之后便说道："你是否愿意和我一起回国？我不清楚你的学问如何，但只凭外语这一项，便足够称职了。你在此生活了一些时日，或许会有牵累，不过我询问过相泽，听说也没什么，这我就放心了。"大臣的那种神色语气，好像容不得我有谢绝的想法。我左右为难，也不好说相泽的话不实，并且有一个念头在心中不停地提醒：机不可失，否则就会丧失回国的机会，再也不能恢复你的名誉，你也势必会消失在这座欧洲大都市的茫茫人海中。唉，我的心竟然如此没有节操！我居然答道："悉听尊便。"

纵然我的脸厚如铁皮，回去后如何给爱丽丝一个交代？从饭店出来，我心乱如麻，不辨西东，只顾胡思乱想。一路走下去，多少次遭到马车夫的呵斥后，才惊慌地躲避一旁。不知过了多久，抬头才发现，已经走到了动物园。我躺在路边长椅上，靠在椅背上的脑袋不知何时热得发烫，锤敲斧凿似的嗡嗡作响。这样如死去一般，不知过了多长时间。当我醒来时，只感到寒风刺骨，天色已经黑了。雪花纷纷落在帽子和大衣上，已经积有一寸多厚了。

时间大概已过了十一点。通往莫哈比特和卡尔街的铁轨已被大雪覆盖，勃兰登堡门旁的煤气灯闪烁迷离。我想站起来，两腿却已僵住，用手揉了好一阵，才勉强能够行走。

我步履蹒跚地走到修道院街时，好像已经过了午夜。这段路我究竟是怎样走过来的，好像连自己都不知道。一月上旬的夜晚，菩提树大街上灯红酒绿，好不热闹，而我却浑然不知。心中只有一个念头：我是一个罪不可恕的人。

在四层的阁楼，爱丽丝还未睡下。一颗流星灿然划破夜空，在漫天飞舞的大雪中忽隐忽现，如同屋内的灯光被寒风吹得明灭不定。进门后，疲惫不堪的我浑身关节疼痛难忍，攀爬似的上了楼。走过厨房，开门进到屋内，在桌旁缝制衣服的爱丽丝回过头来，"啊！"一声惨叫后忙问道，"怎么啦？看你的样子！"

她的惊讶毫不奇怪，我脸如死灰，帽子不知丢在何处，头发散乱地露在外面。我在路上不知摔了多少跤，全身沾满了泥雪，衣服好几处还撕破了。

记得那时我还想答话，却说不出来，两腿抖得站立不住，刚要抓把椅子，便一头栽在了地上。

等我意识清醒时，已经过了好几周了。其间，我不停地发高烧和说胡话，爱丽丝始终小心地服侍着我。有一天，相泽来找我，发现了我隐瞒的实情。他只告诉大臣说我病了，其他的都替我掩饰了。

当我认出守在病床旁的爱丽丝时，她的容貌已经变得不像样了，我见了大吃一惊。这几周内，她变得骨瘦如柴，眼里布满血丝，凹了进去，灰白的脸颊也陷进去很深。这些天的生活虽然有相泽接济得以为继，但他却在精神上把我的爱丽丝摧毁了。

后来，我听说，爱丽丝见过了相泽，得知了我跟大臣及相泽的许诺，便霍地站起，面无血色，大叫道："丰太郎，你竟敢如此欺骗我！"当场便昏死过去。相泽连忙把她母亲喊来，抬她上床。过了片刻，她才苏醒过来，两眼发直，不认得任何人了。她嘴里大骂着我，不停地揪发咬被，忽然又像想起什么似的四处翻找。她把母亲递给她的东西全都扔掉，只有递给她桌上的襁褓时，她才肯轻轻摩挲着，捂脸痛哭不止。

后来，爱丽丝不再闹了，但她的精神完全垮掉了，整日如初生婴儿般痴呆不语。医生检查后，说这是由于受到极大刺激后产生的一种妄想症，不可能治愈。我们本打算送她到达尔道夫精神病院去，但她哭叫着就是不肯去，还不时拿出随身带着的那条襁褓仔细观看，看着看着便哭泣起来。她一直不肯离开我的病床，但这似乎也不是有意为之，只是有时像忽然想起什么似的,对我说着:"吃药,吃药。"

  我的病彻底痊愈了。我不知多少次抱着虽生犹死的爱丽丝泪流不止。随大臣启程东归之前,我征得相泽同意,给爱丽丝的母亲留下了一笔赡养费,足够她们母女维持基本生活,并嘱咐她在可怜的爱丽丝临产时好好照料。

  唉!像相泽谦吉这样的好友真是世间难得。可在我心里,至今对他仍留有一丝恨意。

泡沫记

1890年8月

上

凯旋门上，巴伐利亚女神的英姿挺立于一辆由几头雄狮驾驶的战车里，这座雕像据说是前国王路德维希一世命人制作安置的。在它的下边，沿着路德维希大街左拐，有一处由特兰托大理石修建的高大建筑，这便是巴伐利亚首府知名的景观——美术学校。校长皮罗蒂的名气远近皆知，因此，德意志各地的艺术家自不必说，其他来自希腊、丹麦、意大利等地的画家、雕塑家也是不可胜数。每当下课后，他们便会走进学校对面的密涅瓦咖啡馆，一边饮用着酒精和咖啡，一边聊天消遣时光。今晚煤气灯的光亮穿透了半开半闭的窗户，里面的欢声笑语也随之飘了出来。

正在此时，从拐角处走来两个人。前面的那个头发凌乱，但他自己毫不在意，宽大的领结斜拉在一边，谁都能从这种装扮中看出，他就是美术学校的学生。他停了下来，对身后矮小的黑皮肤男人说道："就是这儿。"然后，推开了门。

室内弥漫的烟雾迎面扑来，猛地进屋，眼睛居然一时不能辨别屋内的场景。夕阳已然西下，但余温尚在，所以屋内的窗户都开着，人们也早就习惯了互相吞云吐雾的气氛。"埃克斯特，什么时候回来的？""你居然还活着！"只听得他们纷纷跟他打着招呼。看来埃克斯特也是这个咖啡馆的常客，与屋内的人都非常熟稔。

这时，周围的人都好奇地打量着他身后的那个人。被人这样一直盯着，他也许觉得被无礼地冒犯了，于是，皱了一下眉，但转瞬便换了一张笑脸，将四周的顾客都扫视了一遍。

这个人从德累斯顿过来，刚刚才下火车。咖啡馆里的布置与众不同，这吸引了他的注意力。几张大理石的圆桌摆在室内，其中铺有白桌布的桌上已经杯盘狼藉。一些没铺桌布的桌上，圆筒形的陶瓷酒杯摆在客人的面前，它的容量足有四五个酒盅大小，还有弓形的把手和带合页的金属盖。那些还没客人光顾的桌上，都统一扣放着咖啡杯，杯底是一个小碟，几块方糖放在上面。

这些客人衣着不一，谈吐各异，唯一的共同之处就是都不修边幅。不过，他们并非低俗之辈，都显露着艺术家的气质。最热闹的是中央圆桌位上的一群人，别的桌位上都是清一色的男人，只有这张桌位上有个少女。她看见了跟随埃克斯特进来的人，彼此交换了一下目光，都有些诧异。

这群客人中，刚来的那个人可以说是首次光临。而那位少女的妙容，也让他不觉心动：十七八岁的外表，一顶没有饰物的宽檐帽戴在头上，面庞犹如维纳斯的古典雕像，举手投足间流露着一种高贵气质，让人觉得她绝非出身小家。埃克斯特在邻座一位客人的肩上拍了拍，嘴里说了些什么。这时，那位少女笑容满面地说道："这里就没人能说点趣事吗？不是打牌，就是打台球，都是一些无聊的玩意儿。到这儿来吧，和你的朋友一起。"声音清澈动人，令刚来的那位客人不禁仔细倾听。

"承蒙玛丽小姐盛情相邀，怎敢不从！各位朋友，请容我介绍一下：这位是巨势先生，是位画家，来自遥远的日本，今天到这儿，就是想成为'密涅瓦'的成员。"通过埃克斯特的介绍，随同前来的那位男子便上前同大家点头致意。这时，外国人都起身自报了姓名，但那些坐着示意的也不算失礼，这应该是他们的习惯。

埃克斯特接着说："各位朋友，这次我去德累斯顿探亲，在那里的美术馆偶遇了这位巨势先生，于是成为好友。巨势先生正想要来咱们美术学校做短暂的访问，我便陪他一起来到了这里。"

大家纷纷向巨势示好，为认识这样一位远方客人而感到高兴，并不断向他问道："在大学里经常见到贵国的学生，但在美术学校您却是第一人。今天刚到，还没参观过美术馆和美术协会的画廊。但根据您在别处的所见，对德意志南方的绘画有何意见啊？您此行的目的是什么啊？"

众人问语不断，这时玛丽连忙拦道："好啦，都停下。你们都同时问话，就不想想巨势先生如何作答吗！安静，这样人家才好回答你们呀。"

"哎呀，女主人好厉害呀。"大家哄笑道。

巨势的口音稍不相同，但德语说得却非常流利："我已经不是第一次来慕尼黑了。六年前我去萨克森时，曾经在此路过。当时只顾着观赏美术馆里陈列的画了，没能和学校里的各位同人相识。离开祖国后，我的目的地就是德累斯顿美术馆，因此，才急赶着去那里。今天重返旧地，与各位相见结缘，其实，早在那时便开始了。

"说了这些天真的话，请大家不要见笑。上次我来时正赶上狂欢节，那天阳光明媚，我从美术馆出来，雪后初晴，路边树枝上披着薄冰，和街上的华灯相映成趣。大街上的行人成群结队，都身穿奇装异服，戴着黑白的面具，往来不断。家家户户的窗户上都搭起了毛毯，方便家人靠着观赏街景。当时，我去了卡尔大街上的洛丽安咖啡馆，人人都化着装，把自己的奇思妙想发挥得淋漓尽致，其中，也有和平时穿着别无二致的人。大家都在等'科罗肖姆'或'维多利亚'舞场开门迎客。"

他刚刚说到这里，一个胸前围着白围裙、两手各握四五只大酒杯的女侍走上前来。酒杯里是盛得满满的啤酒，表面的泡沫在不住地晃荡着。她说道："打算开一桶新的，就耽误了一些时间，抱歉。"她把酒杯一一递给已经喝完的客人。

"到这儿来,快到这儿来!"玛丽把女侍招呼过去,递给了巨势一杯。

巨势喝了一口,继续说道:"当时我坐在角落里的一条长凳上,正看着眼前的热闹。突然门开了,进来一个贩卖栗子的意大利少年,十五岁左右,衣着邋遢。他挎着的篮子里堆满了装着炒栗子的纸袋。他一直大声吆喝着:'买栗子吗?'随后,又进来一个十二三岁的少女。她戴着一顶旧帽子,帽顶垂到了脑后,冻僵的两手捧着镂空竹篮。竹篮里铺着几层绿叶,里面摆着几束不应时的紫罗兰,但都包扎得非常讨人喜欢。'买花吗?'少女也抬起头叫卖,声音悦耳动听,让我至今难忘。这两个年轻人不像是一起的,少女也不像是等少年进门后才跟进来的。

"两人的情形很不相同,这一眼就能看得出来。那个邋遢甚至有点让人讨厌的卖栗子少年和可爱动人的卖花少女,各自在人群中穿梭。在中间的收银台前,有位大学生样貌的男子在那里歇息,旁边一只英式大狗趴在地上。这时,那狗站起身来,塌腰伸爪,把鼻子凑到了栗子篮里。少年见后赶紧驱赶,狗被吓得后退,不巧撞在走过的少女身上,'哎呀'一声,她手里的花篮便掉在了地上。美丽的紫罗兰花束散落四周,花茎上的锡纸闪着亮光,那只狗仿佛看见了心爱的玩意儿,不停地又踩又咬。屋内的炉火很旺,大家鞋上的雪都融化了,流得地板上都是湿的。周围人笑骂不断,但花束已经凋零在泥水之中。卖栗子少年抬脚便溜了。那个大学生模样的男人,开始不停地打骂他的狗。少女呆呆地看着地上的花,难道她已经因愁苦而麻木，不再会流泪？还是一时受惊，不知所措，不曾想到，这天的生计已然化为泡影了？过了片刻，少女无奈地捡起形态尚好的两三束花。这时，得知消息的咖啡馆老板走了出来，只见他脸色红润，大腹便便，腰系白围裙，双手叉在腰间，双眼瞪着那个卖花少女，大吼道：'我这儿的规矩，不允许骗子来店里卖东西，快走！'少女一声不吭地走了出去，众人都在冷眼旁观，没有一人露出同情之色。

"我把几枚硬币扔在了收银台上，便拿起外套出了门。我看见门外那个卖花少女正孤单地低着头边走边哭，对我的喊声充耳不闻。我追上去说道：'你怎么样啊，孩子？你的花钱，我给你吧。'她听到我的话，抬起头来，只见面容姣好，深蓝的眼眸里仿佛蕴藏着无数的哀愁，我见犹怜。我把自己兜里的七八个马克都放在了她的篮子里。满脸讶异的她还没来得及说出话来，我就转身离去了。

"她那美丽的面容，会说话的眼眸，在我脑海中不断地浮现出来，历久弥新。我到了德累斯顿后，被许可在画廊里进行临摹。但奇怪的是，面对着维纳斯、勒达[1]、圣母、海伦这些画像，她的脸总会如朝雾一般挡在画像前。如此下去，我对自己绘画水平的进步变得毫无信心了，整天躲在公寓中，似乎想要把皮椅坐穿。终于有一天，我鼓足了勇气，下决心要把这位

---

[1] 勒达是廷达瑞俄斯的妻子，斯巴达王后。宙斯醉心于其美貌，趁她在河中洗澡时，化作天鹅与她亲近。她因此怀孕，生下美人海伦。

卖花少女的美化为不朽。她的眼神，并没有远眺春潮的喜悦，也没有抬望秋云的迷离，即使在意大利古建筑中与白鸽共舞的画面也不能与之媲美。我想象的画面是，让那位少女斜坐于莱茵河边的岩石上，双手拨弄着琴弦，吟唱着一曲百转千回的哀歌。河水潺潺，我撑着一叶扁舟，举手向她示意，让她看见我脸上的无限爱意。水中的精灵与女妖嬉戏浮沉于小舟周围，不住地揶揄着我的痴情。今天我来到慕尼黑，就是想暂借贵校的画廊，将行李中唯一的画稿奉上，供各位师友批评指正，以期让这幅画作尽善尽美。"

不知不觉中，巨势就说了这么多，他那亚洲人种的眼睛里烁烁发光。这时有两三个人为他叫好。埃克斯特听完，微笑道："一周后巨势的画室便可以准备妥当，欢迎届时各位朋友光临赏画。"

听巨势诉说时，玛丽的脸色为之一变，眼睛紧紧地盯着他的嘴，手里的酒杯不自觉地微微发颤。

巨势进门时便感到大吃一惊，玛丽与那位卖花少女居然如此相像！她听得入迷，看向自己的眼神也似曾相识，难道就是她，还是自己的想象在作怪呢？

故事讲完了，玛丽凝视着他，问道："后来，您再也没见过那个卖花少女吧？"巨势似乎一时难以作答："是的，再没见过。那晚我就搭乘火车去了德累斯顿。请恕我言语冒犯，其实，不管是那位少女,还是我的画作《罗勒莱》[2],当大家看到时,都会自然以为是您。"

众人哄堂大笑。"我并不是您的画中人。您我的间隔,就是那位卖花少女的身影。您觉得我会是谁呢?"然后,玛丽站起身来,用一种半认真半调侃的熟悉腔调说道,"我就是当年那个卖紫罗兰的少女,愿以此来回报您的情意。"她隔着桌子伸手捧起了巨势低垂的头,在他的额头亲吻了一下。

室内一片混乱。少女不小心把桌上的杯子碰翻了,酒洒满了桌面,打湿了她的衣裳,并像游蛇一样流到了大家的面前。巨势顿时觉得双耳滚烫,他还没来得及解救耳朵,一副比耳朵更烫的双唇便贴上了他的额头。"不要把我的朋友搞晕了啊!"埃克斯特喊道。人们从椅子上站立起来,一个客人嚷道:"真是一场好戏!"另一个笑道:"我们倒成了不受待见的,真可气啊!"桌上其他人也兴高采烈地瞧着热闹。

坐在少女旁边的人叫道:"你也该照顾一下我嘛。"说着便伸手搂住了她的腰肢。"啊,真是一群没教养的后娘养的!这才是最适合你们的亲吻方式!"她大声叫道,挣脱了站起身来,怒目似火,扫视着众人。巨势呆立一旁,手足无措地看着眼前的情景。这个时候的玛丽,既不似那个卖花的少女,也不像他

---

[2] 罗勒莱是莱茵河边一块高达一百多米的岩石,那里道窄水急,常有船只遇难。传说美女罗勒莱被恋人辜负,跳河后化为水妖,以歌声魅惑水手,造成船难。这个传说引起众多诗人的诗兴,其中以海涅的《罗勒莱》最为著名。

的《罗勒莱》，而是站立于凯旋门上的巴伐利亚女神。

有人把咖啡喝完换成了一杯水，少女拿起喝了一口，又立即喷向了四周。"后娘养的，你们这帮后娘养的！你们都是艺术的孤儿：学佛罗伦萨画派的是米开朗琪罗、达·芬奇的孤魂，学佛兰德斯画派的成了鲁本斯、范·迪克的野鬼，就是学我们阿尔布雷特·丢勒的，也少有不是他的幽灵的。美术馆挂上两三张画作，万一卖了个好价钱，等不到第二天，便吹嘘自己比肩什么'七星''十杰''十二圣人'。一帮自以为是的废物，怎么配得上'密涅瓦的樱唇'啊！我就用这个水吻，满足你们吧。"

这番喷水后的言辞，让巨势不明所以，他虽不知何事，但也能明晓其对当下画风的讥讽。他盯着少女的面庞，觉得她就是威武不屈的巴伐利亚女神。

说完，少女便拿起桌上的湿手套快步离去。众人纷纷没了兴致，有一个人骂她"疯子"，另一个人则扬言要报复。这时她刚走到门口，回过头说："何必动气啊！趁着月光看看，你们头上并没有流血，我喷的只不过是水而已。"

中

那个不同寻常的少女离开之后，不一会儿众人也纷纷散了。巨势在回去的路上向同伴埃克斯特打听她，埃克斯特回答说："她是学校里的一个模特儿，名叫汉斯。正如你今晚所见，她行为乖僻，因此，有人叫她'疯子'。她和别的模特儿不同，从来不肯裸体，所以大家都怀疑她皮肤有缺陷。身世无人知晓，但她本人很有教养和气质，从来没听说有什么丑闻，很多人都想和她来往。她长得非常美，你也看到的。"

巨势说道："我正想用她。等我把画室收拾好，麻烦把她请来。"

埃克斯特应道："好的。但她并不是十二三岁的卖花少女，要描绘裸体，你不觉得危险吗？"

巨势说道："你刚才说过，她不做裸体模特的。"

埃克斯特说道："是这样的。但她和男人接吻，我也是今天第一次见到的。"

巨势听埃克斯特这么一说，脸不觉间红了。这时，正好在席勒纪念碑附近，灯光昏暗，埃克斯特没有看出来。走到巨势租住的公寓前，两个人便分开了。

约一周后，在埃克斯特的帮助下，巨势在美术学校租借了一间画室。这间画室南临走廊，北靠一扇巨大的玻璃窗，足足占据了半面墙，与旁边的画室仅有一道帐幔之隔。那时正好是农历六月中旬，多数学生还在外旅行，所以隔壁的画室没有人，不必担心有人打扰，倒还算合乎心意。巨势站在画架旁，指着他的画作《罗勒莱》，对刚走进画室的少女说道："您看，就是这幅画。可能您觉得好笑，但您嘲笑的神态都跟这个未完成的画中人物极其相似，不管您怎么想。"

少女大笑着说："是啊，请别忘了那天晚上您说的话，《罗勒莱》的原型和卖花少女，不就是我吗？"随后，她又一本正经起来,"您不信我的话,这也不怪您。他们背地里都叫我疯子,恐怕您也会有同感。"这时她的口吻不像是在开玩笑。

巨势疑惑不定,忍不住说道:"求您别再折磨我了。我的额头至今还能感受到您那一吻的热情。虽然那可能只是一个逢场的儿戏,但我无论努力多少次都难以把它忘掉,心里的疑团始终不能解开。唉,请您说出真实的身份吧,不要再让我痛苦下去了。"

窗下茶几上堆着一些刚从行李箱里取出的旧画报、没用完的油画颜料管和留在粗糙烟斗上的香烟头。巨势靠在边上侧耳倾听,少女则在对面的藤椅上坐下,开始娓娓道来:

"该从何处开始呢?我在这所学校拿到模特儿许可时,用的姓氏'汉斯'不是我的真姓。我父亲名叫施坦因巴赫,是当时很有名的画家,曾经得到当今国王的赏识。我十二岁那年的冬天,王宫里举行宴会,我的父母都应邀出席。宴会要结束时,国王却不见了。大家都非常惊慌,便到长有茂盛热带植物的玻璃暖房里寻找。房间一角有著名的'浮士德与少女'雕像,那是坦达尔吉斯的杰作。父亲找到那儿时,听到一声撕心裂肺的喊叫:'救命!救命!'他顺着声音走到了金顶亭子的门口。亭子四周都是密密麻麻的棕榈树,叶子虽然遮挡了部分灯光,但仍有光线照在色彩斑斓的玻璃窗上,模糊地映出怪异的人影。里面有一个女人要挣脱逃跑,正被国王拦着。等父亲看清了女人的面孔,心里不知是何滋味,那个女人就是我的母亲。事发突然,父亲犹豫片刻,说了一声'请原谅,陛下'便把国王推倒了，母亲也趁机逃脱。国王冷不防被推倒，爬起来便和我的父亲殴打在一起。国王身强力壮，父亲根本不是对手，被他压在身下用水壶乱打了一气。内阁秘书官齐格莱尔知道了此事，向国王劝解，本来应被关进新天鹅堡的父亲，因此被放了出来。那一晚，我在家中等候父母。仆人禀报说他们回来了，当我兴高采烈地跑去看时，见到的则是被抬回来的父亲，还有抱住我痛哭的母亲。"

说到这里，她沉默了。这时外面的天空比早晨还要阴沉，不久便下起雨来，雨点打在窗上噼里啪啦作响。巨势说道："昨天报纸上说国王疯了，已经搬进了施塔恩贝格湖畔的贝尔格城堡。他的病是不是那个时候得的？"

她接着说道："国王不喜欢热闹，所以常住到僻静之处，他的作息已经日夜颠倒很久了。普法战争时，他在国会打压天主教派，公开与普鲁士为伍，这成为他最大的功绩，但时间一长，便渐渐被他的残暴所抵消。无缘无故判处陆军大臣梅林格和财政大臣李德尔等人死刑，这种事情即使秘而不传，但也成了公开的秘密。白天睡觉时，国王会让所有侍从退下，在梦里常常呼唤'玛丽'，据说有很多人听见过。我的母亲就名叫玛丽。他这无望的单相思，岂不更加重病情！我和母亲长得很像，当时她的美貌在宫廷内外是独一无二的。

"不久，我的父亲病故了。他乐善好施，交友众多，但也不谙世事，没留下什么家产。后来，我们在达豪尔街北端的一栋简陋楼房里租住了下来。搬到那里不久，母亲也病倒了。这样的世事变迁，人心自然也会改变。经历了无数苦难之后，我的那颗童心已经变得对人世间充满了憎恨。第二年狂欢节时，家里所有值钱的衣物都已变卖，由于好几天都吃不上饭了，我便学着那些穷孩子去卖花。在母亲去世前，能有三四天的暂时无忧，正是拜您所赐。

"楼上的一个裁缝帮我料理了母亲的后事。他说像我这样的孤儿，实在太可怜了，要收养我，我当时还很高兴，现在回忆起来真是悔恨不已。裁缝家有两个女儿，既挑剔又喜欢卖弄风情。我搬进去后才知道，一到夜里便常有客人上门，打情骂俏，饮酒作乐。那些客人大多是外国人，贵国的留学生也有光顾的。一天，裁缝吩咐我穿上新衣服，当时他看着我，笑的样子非常可怕，年纪尚幼的我怎么也开心不起来。中午过后，进来一个四十岁左右的陌生男人，说自己现在要去施塔恩贝格湖游玩，裁缝便让我跟他一起去。也许是因为父亲还在时曾陪我去过那里，而且玩得非常开心，至今都难以忘怀，所以我就勉强答应了。他们不住地夸我：'真是个好女孩。'那个带我走的男人，在路上还算和气，到那儿后便登上'巴伐利亚'号轮船。他带我去餐厅吃饭，劝我喝酒，我说不会，也就没有喝。船驶到了终点——希斯豪普特港，那个人又租了一条小船，说要亲自划船玩。我看到天色已经很晚了，就有些担心，说还是赶快回去吧。他对我的话充耳不闻，径自把船划开了。我们沿着湖边划了一段时间，然后进入了一片人迹罕至的芦苇荡，他才把船停了下来。当时，我只有十三岁，刚开始完全不知道是怎么回事，后来见那人的脸色变得非常可怖，便不顾一切地跳进了水里。我奋力地游，一心只想躲开那张恶魔般的脸。不知游了多远，周围死寂一片，筋疲力尽的我不知不觉间昏了过去。等我醒来时，已经躺在了湖边一户人家里，一对打鱼的夫妇正照顾着我。我告诉他们自己无家可归，想在他们家住几天。这对夫妇非常纯朴，时间一长我便向他们说了自己的身世。他们可怜我，便把我当成了他们自己的女儿。"汉斯"就是这位渔夫的姓。

"就这样，我成了渔夫的女儿。由于我瘦小体弱，划不动桨，就到雷奥尼附近的一户英国富人家里当仆人。养父母信仰天主教，不想让我给英国人干活。但在那里，我可以在家庭教师的帮助下识字读书。教师是一位年过四十的未婚女子，相比骄横的小姐，她更喜欢我。三年时间，我把女教师不算很多的藏书全都读完了，肯定有许多读错之处吧。那些书籍五花八门，有科尼盖的《交际大全》，也有洪堡的《长生术》。歌德、席勒的诗我读了大半，还翻阅过科尼西的《通俗文学史》，也欣赏过卢浮宫、德累斯顿美术馆的相册，以及泰纳论美术的德译本。

"英国人在去年举家回国了，我本打算再找一份类似的人家做工，但因养父母出身低贱，当地贵族都把我拒之门外。后来，美术学校的一位老师无意中相中了我，说我有当模特儿的潜质，并帮我谋得了许可。我是画家施坦因巴赫的女儿，这一身世无人知晓。如今，我混迹艺术家之中，看似无忧地打发时日。确实如居斯塔夫·弗赖塔克[3]说的,世间再没有比艺术家更放荡不羁的人了。与之独处,时刻要保持小心。如您所见,我一心与之保持不亲不疏的距离,不承想竟成了'疯子'。我有时甚至自我怀疑,难不成自己真是疯子吧?我也思虑过,也许是在雷奥尼读的那些书作祟吧。若果真如此,那说起世上那些被称为'博士'的人,岂不都是疯子!骂我疯子的那帮艺术家,倒该为自己没疯发愁才对。假如没有疯劲,也就做不成英雄豪杰,当不了大家巨匠,这根本不需要塞涅卡[4]、莎士比亚来论述。您看,我够博学吧。把我当疯子的人见我不疯,肯定觉得可悲;听说不该疯的国王却成了疯子,也非常可悲。世事多可悲,白天与蝉声共悲鸣,夜晚伴随蛙声哭泣,可却无人知我心忧。我觉得,只有您不会对我冷嘲热讽,所以才敞开了心扉,请勿见怪。唉,莫非这就是发疯不成?"

下

雨终于停了,透过布满水雾的玻璃窗向外看去,昏暗的天空下只有校园的树木在不停地摇曳。聆听少女说话,巨势百感交集,忽如兄长与胞妹重聚,满腹欣喜怜爱之情;忽如雕塑家面对倒伏于地的维纳斯像,一番苦恼难以言说;忽如僧侣见到

---

[3] 居斯塔夫·弗赖塔克(1816—1895),德国小说家、剧作家。
[4] 塞涅卡(公元前65—公元前4),罗马哲学家、诗人。

美女心潮初荡，暗自提醒要坚守戒规。听完少女的话，巨势心如乱麻，浑身颤抖，情不自禁竟要跪在她的面前。

少女突然站起身，说道："这屋里真热。学校快关门了，不过雨倒是停了。有您在就没什么好怕的。一起去施塔恩贝格湖吧？"说完便取了帽子戴上。她那样子，好像丝毫不怀疑巨势一定会陪她去。巨势就像母亲身后的小孩，紧跟上了少女。

他们在校门口上了一辆马车，片刻工夫便到了车站。今天虽然是周日，但可能因为天气不好，从近郊返回的人很少，这一带就显得非常冷清。有一个女人在卖报纸，巨势随手买来一张观看，上面说国王住进贝尔格城堡后，病情得到控制，古登御医已经放松了监护。火车上，大多是去湖边避暑和进城购物返回的人。大家都在议论着国王："他跟在霍恩斯万皋城时不太一样，心神好像平静了。在去贝尔格城堡的途中，他还在希斯豪普特要过水喝。他还温和地与周边的渔夫点头致意了呢。"说话的是一个手挽购物篮的老妇人，带有浓重口音。

火车走了一小时，傍晚五点钟时便到达了施塔恩贝格湖。这段路程如果徒步行走，那得需要一天的时间。不知为何，巨势觉得这里好像离阿尔卑斯山很近，就连这阴暗的天空都可以让人心胸舒畅。火车继续逶迤前进，丘陵尽处立显开阔，那里是烟波浩荡的湖水。车站在湖的西南角，隐约可见岸上被雾霭笼罩着的树林及渔村。南面是连绵不绝的群山。

少女引路，巨势跟着登上右面石阶，来到名为"巴伐利亚庭园"的旅馆前。这里没有屋檐的地方，摆着石制的桌凳，刚下了雨，上面都是湿的，还没有人坐。侍应生身穿黑上衣，腰系白围裙，好像一边说着什么，一边忙着放下扣在桌上的椅子加以擦拭。转眼一看，一侧的屋檐下有个被蔓草缠绕的架子，架下的圆桌旁有一群客人围坐，他们一定是准备在旅馆登记住宿的客人。男女混杂，其中还有那天夜里在密涅瓦咖啡馆结识的人。巨势正想过去打个招呼，被少女拦下了，她说："您不该接近那些人。我们只是来这里的两个年轻人，该难为情的应当是他们，而不是我们。等他们认出我们时您再瞧，不用多久，他们就会躲得远远的。"话刚说完，那些艺术家果然都走进了旅馆。她把侍应生叫来，问游艇何时开，侍应生指着运动的乌云说，天气不好，船肯定不会开了。

少女便让叫车，说她想去雷奥尼。马车来了，巨势和少女上了车，从车站附近赶向湖东岸。这时，风从阿尔卑斯山上刮下来，湖面上弥漫起了浓雾，回望刚刚经过的湖边，现在已经是灰蒙蒙的一片，只能看见黑乎乎的屋顶和树梢。车夫转头问道："要下雨了，把车篷支起来吗？"少女答道："不用了。"她又对巨势说："这样玩真痛快！之前，我差点把命丢在这个湖里，后来，也是在这个湖里捡回一条命。所以，跟您讲真心话，无论如何我会尽力把您邀到这里来。在洛丽安咖啡馆时，您见我遇困，便出手搭救了我，从此，我活着便只盼再见到您这个恩人。一晃几年过去了，那天晚上在密涅瓦咖啡馆听您说的那些话，我的惊喜无法言表！平日我虽与那些艺术家为伍，却从未正眼瞧过他们，所以看见我侮辱他人、目空一切的言行，您一定会觉得我毫无教养，但人生几何，欢愉的时光终归是短暂的。若不及时行乐，那就枉为少年。"她说着摘下帽子扔到了一边，转回头来，那张娇脸的红似在大理石中流淌的热血，金发随风飘动，恰如长嘶的骏马摇动着自己的鬃毛。"今宵，唯有今宵。昨日曾有，却又何为？而明日、后日，只是徒有其名而已。"

这时，两三滴豆大的雨点打到了车内两人的身上，眨眼间雨势加密。巨势看见雨柱从湖面处横扫过来，拍打在少女绯红的一侧面颊上，心中备感茫然。少女伸头喊道："车夫，给你加点酒钱，麻烦快些赶车！加鞭！再加一鞭！"她说着就用右手搂住了巨势的脖颈，还不住地仰头张望。巨势把头搁在她酥软的肩侧看向她，一切恍如梦中，脑海里不禁再次浮现出巴伐利亚女神的样貌。

马车来到了国王所在的贝尔格城堡下面，这时已经暴雨倾盆。阵阵狂风在湖面上掀起了一道又一道不同深浅的波纹，深的露着白白的雨痕，浅的显示着黑色的风迹。车夫停下了车说："就这样吧。淋得太狠，你们会着凉的。这辆马车虽旧，但淋坏了，我还得挨车主骂。"他说完便快速支起了车篷，加紧抽鞭赶路。

暴雨紧下不停，时而雷声震耳，气氛十分恐怖。马车进入了林间小路，这里即使艳阳高照时也是非常幽暗的。被阳光亲吻过的草木又经雨水滋润，散发出别样的清香，随风进入了车里。两个人如同口渴之人见到水一般，用力呼吸着这份新鲜。雷声停息的片刻，貌似对这种恶劣天气毫不畏惧的夜莺就开始了歌唱，声如玉碎，绕梁三日。这就像形单影只的行者身处寂寞旅途中，放声而歌一样。这时，少女双手搂紧巨势的脖子，身体紧压上来。闪电穿透了林叶，照亮了两张相视的笑脸。啊，他们已入无我之境，忘记了马车，忘记了车外的一切。

马车驶出了树林，前面是一段下坡路，狂风吹走了天空中的团团乌云，暴雨终于停了。薄雾在湖面上如同层层布幔，依次揭开后便是晴天。西边岸上的人家，此时已出现在眼前，清晰可辨。只是枝头的雨滴在等待着风的到来，以便到时纷纷于大地汇合。

他们在雷奥尼下了马车，只见左侧是洛特曼山冈，上有一块题为"湖间第一胜"的石碑，右侧是音乐家雷奥尼在岸边开办的酒店。两人走路时，少女双手挽住巨势，紧靠在他身上，到店前回首望向山冈说："雇用我的那家英国人就住在对面的半山腰。我养父母的小屋离这里也不过百十来步。我想和您一起去那里，但心烦意乱，还是先到店里歇息一下好吗？"于是两人走进了店里，准备点晚餐时，对方答道："七点钟才能准备妥当，得请您先等半小时。"这个地方只有夏日才有游客，侍应生年年更换，没有人认识少女。

少女忽地站起身来，指向系在码头上的小船问道："您会划船吗？"巨势答道："在德累斯顿时，曾在卡罗拉湖上划过，说不上好，但载你一个人是没有问题的。"少女说道："院子里的桌椅都湿了，屋里又有点儿热，带我划一会儿船吧。"

巨势把脱下的夏季外套给她披上，然后登上了小船，拿起桨划起来。雨虽停了，但天还阴着，暮色已降至对岸。波光粼粼，拍着船舷，应该是刚才狂风离去的余波。巨势沿着湖边向贝尔格城堡划去，直划到雷奥尼的村边。细沙铺在湖边没有树木的路上，渐渐延至远方，一些长椅安置在岸边。小船碰到芦苇丛后沙沙作响。这时，岸边有脚步声传来，一个人从树丛里走出来，他身材魁梧，穿着黑外套，手提一把雨伞。在他左手边靠后位置，是一位白发苍苍的老人。前面的人低着头走来，一顶宽檐帽把脸遮住了，看不见他的模样。这时，那人走到湖水边，站立了片刻。他摘下帽子，仰起了脸，把长发拢向后面，宽阔的额头露了出来，他的脸色灰白，虽然双眼深陷，但炯炯有神。

少女披着巨势的外套坐在小船上，这时也看到了岸上这个人。突然，她大声惊呼："国王！"说着霍地站起，外套也掉落下来。她的帽子落在酒店了，只是身穿一袭白色的夏衣，金发散乱地拂在肩上。

站在岸上的那个人，确实是与古登御医一起散步的国王。他仿佛看见了一个美妙的幻影，恍恍惚惚中认出了这个少女，顿时狂呼："玛丽！"他扔下伞，直奔向岸边的浅滩。少女"啊！"地大叫一声，当即晕了过去。巨势连忙伸手去扶，但还未够到，她已经随着船身摇晃栽倒进水中。

此处的湖底是一处斜坡，越往前走水越深，小船所处位置离岸应不足五尺。近岸的沙地混着黏土，早成了一摊烂泥，国王双脚深陷进去拔不出来。此时，跟着国王的老御医也扔掉伞追来，他年纪虽老但力气不衰，溅着水花三两脚便赶上了。他一把拽住国王的衣领想往回拖动。可是，国王却不为所动。御医手里只抓脱了他的衣服,便随手扔到一边,仍想把他拖上岸来。国王转身跟他厮打起来。两人谁都不出声,彼此扭作一团。

这都是瞬间发生的事。少女落水时,巨势只抓住了她的衣服。她的胸口重重地撞上了隐藏在芦苇中的木桩,将要淹没之际,巨势奋力把她捞起。他看着水边厮打的两人,便向来的方向快速划去。巨势一心只顾抢救少女,顾不上其他。划至雷奥尼的酒店时,他没上岸,因听说老渔夫家离此不过百步,便向他们的小屋划去。夕阳西沉,岸边是一片茂盛的槲树和赤杨,暮色中的湖岔水面隐约可见芦苇中的水草,白色小花正在盛开。少女躺在船上,乱发沾满了泥浆和水藻,见之谁心不痛?正在这时,芦苇中的萤火虫被划来的小船惊起,纷纷飞向半空。唉,难道是在陪伴少女的一缕香魂升天!

片刻工夫,巨势看到了隐在树影中的灯光。他走近茅屋,大呼道:"这是汉斯家吗?"屋檐下的小窗打开了,一个白发老妇探头看了过来。"今年已经求过水神的祭品了!昨天我的丈夫就被叫到贝尔格城堡去了,到现在还没回来。你要是救人,就请来吧。"老妇的声音平静,正待关窗,巨势大喊:"玛丽掉水里了,是您的玛丽!"老妇不等听完,任窗户大开,连忙跑至码头,边哭边帮助巨势把少女抱进了屋。

巨势进门一看,只有一室,且地板只铺了半边。灶台上的油灯好像刚刚点燃,只发着微光。粗制的彩画铺满了四面墙,画的是耶稣的故事,已被煤烟熏得模糊不清。虽然他们点起了柴火,想尽办法救治,但少女终归没有再醒过来。巨势与老妇一起为遗体守夜，亲眼看着妙龄少女似泡沫一般消失不见，不禁对这多灾多难的人世发出了哀叹。

时值公元一八八六年六月十三日晚七时，巴伐利亚的国王路德维希二世溺水驾崩。想要搭救的老御医古登也一同殒命，据说，他死时脸上还存着国王的抓痕。这一消息于次日，即六月十四日迅速传遍了首府慕尼黑，举国震惊。大街小巷都张贴着带有黑框的讣告，观看的群众水泄不通。报纸上登有关于国王溺水的种种揣测，人人争相购买。城内列队的士兵身穿礼服，头戴巴伐利亚式黑毛盔，还有警官或骑马或步行穿梭其中，即刻乱成一团。国王虽然久未在百姓中露面，但丧失国君毕竟令人伤感，街上行人都面带戚容。美术学校也卷入了这场混乱，就连新来的巨势不知所踪都没人关心，只有他的朋友埃克斯特还惦记着他的下落。

六月十五日一早，国王的灵柩便离开了贝尔格城堡，午夜时分才迎至首府。当客人们离开密涅瓦咖啡馆时，埃克斯特忽地心念一转，立即向巨势的画室飞奔而去。他果然见到巨势正跪在画作《罗勒莱》前。仅仅三天时间，巨势的容貌就消瘦了许多，神态憔悴不堪。

国王横死的消息铺天盖地，而渔夫汉斯的女儿在雷奥尼几乎同时溺水而亡，却无人提及，就此湮没于人世间。

信使
1891年1月

某位亲王在星冈茶舍举行的留德同学会上,让学成归国的军官们轮流讲一段自己的亲身经历。这时,有人怂恿刚升任大尉的青年军官小林:"今晚就是您了,殿下正期待着呢。"小林听后,取下嘴里的香烟,将烟灰弹到火盆里,便开始了自己的讲述。

有一次,我跟随萨克森军团参加在拉格维茨村边的秋季演习。两队对抗演习结束后,便是进攻"敌人"的演练了。布置在小山岗上的一些士兵被假定为敌人,其他人利用地形的差异,以灌木丛、农家院落等为掩护,形成一个包围圈后开始进攻,那场面非常壮观。附近的居民成群地赶来看热闹,其中就有几个少女,她们身穿漂亮的黑天鹅绒连衣裙,头上的窄边帽像一个小圆盘,手里的阳伞上点缀着草花,别有风致。我连忙举起望远镜向那里望去,发现对面山坡上的一群尤为高雅迷人。

时值九月初,天清云淡,秋高气爽。在形形色色的人群中,有几位坐在马车上的年轻贵族小姐，衣着鲜丽，华贵非凡。她们或坐或站，腰带和帽带随风飘扬。旁边有一位骑马的白发老人，身穿带牛角扣的绿色猎服，头戴驼色帽，气度非凡。他身后是一位骑小白马的少女，我用望远镜看向她。她身着铁灰色长下摆骑服，头上是罩有白纱的黑帽，体态妩媚动人。这时，一队骑兵突然从对面树林里冲了出来，人们纷纷叫嚷着去欣赏他们勇猛的身姿，但那位少女却不屑一顾，神情中流露出一种难以言说的高贵。

"盯上与众不同的人了？"一位长着长八字胡的青年军官拍拍我的肩膀说道，他是营部同僚冯·梅尔海姆男爵中尉。"他们是德本城堡的毕洛夫伯爵家。营部今晚会在他家的城堡留宿，所以你会有机会认识的。"说完，他见骑兵已经逼近我方左翼，便策马赶去。我与他相识时间不长，但已觉得他品行良善。

等进攻方挺进到山下，一天的演习便大功告成，例行的评判也随之产生了结果。我和梅尔海姆跟在营长后边，急匆匆地向宿营地赶去。拱形马路在刚刚收割完的麦田间蜿蜒。穆尔德河在树林的那一边流淌，我们时不时地听到那潺潺的水声。营长四十三四岁，头发是浓烈的褐色，红润的脸庞上皱纹已很明显。他性情质朴，寡言少语，但说不到两三句，便会来一句口头禅"就我个人来说"。突然，他对梅尔海姆说道："你的未婚妻在等你吧？"

"抱歉，少校。我还没未婚妻呢。"

"是吗？莫见怪。就我个人来说，我以为伊达小姐就是呢。"

他们说着话，便来到了德本城堡前。庭园由铁制的矮栅栏围着，一条细沙铺就的小路笔直地将栅栏平分为左右两侧，路的尽头是一座旧石门。走进石门，首先映入眼帘的是一片雪白烂漫的木槿花，其后是一座白瓦屋顶的高大楼宅。楼南有一座高石塔，形态似埃及金字塔。一个被告知今晚住宿之事的仆人，身穿礼服，已在门口迎候，将我们引上白石阶。夕阳的余晖穿透树枝，照在石阶两侧的狮身人面像上。我第一次进入德国贵族城堡内部，心中想着会有怎样的风景呢。刚才远远望得见的骑马美女，又会是何许人？这些都还是待解之谜。

神鬼龙蛇的图案分布于四壁和拱顶上，长柜也摆在各处，刻着兽头的廊柱上挂了一排古代兵器。走过这样的几根廊柱，我们便上了楼。

毕洛夫伯爵此时已改换成日常穿的宽松黑上衣，和夫人等在屋内。他们都是营长的旧相识，便上前亲切地握手迎候。营长把我引见给伯爵，伯爵也声如洪钟地做了自我介绍。他特意向梅尔海姆中尉点头表示欢迎。夫人似乎比伯爵更显苍老，起坐已不太方便，但举止稳重，透露着优雅。她把梅尔海姆叫至身边，小声说了些什么。这时，伯爵说道："今日演习劳顿，请早点歇息吧。"说完便命人把我们带至各自的房间。

我与梅尔海姆同住一间东向房。窗下就是穆尔德河，河水拍打着城堡的基石。对岸青草葱茏，远处的柏树林已被暮色笼罩。河水在那片宛如膝盖般凸出的陆地上转弯东流，三两家农舍被圈其中，还有一座漆黑的转轮水车高耸至半空。城堡左侧临水，有一房间突出在外，露台的窗户开了一条缝，三四位少女头挤在那里，正往我们这边张望，但骑白马的美女却不在此列。梅尔海姆已经脱下军服，正打算洗脸，央求我说："那边是小姐们的闺房，劳驾关上窗子吧。"

夜晚，我和梅尔海姆一起去餐厅，说道："这座府上的小姐可真多。"

"嗯，原来有六位，一位嫁给了我的朋友法布利斯伯爵，还剩五位待字闺中。"

"法布利斯伯爵？是那位国务大臣之子？"

"正是，大臣夫人是本宅主人的姐姐，我朋友是国务大臣的继承人。"

众人在餐桌前落座。五位小姐都装扮得花枝招展，难分高下。年长的那位穿一身黑衣，与众不同，正是下午骑白马的那位小姐。其他几位对我这个日本人都很好奇，伯爵夫人夸赞我的军服，一位小姐接口说："黑底黑纽扣，像布劳恩施威格州的军官服。"年纪最小的那位叫嚷着反对，她红扑扑的脸蛋上露着天真的不屑，惹得大家大笑起来。之后，她便羞红了脸，低头看起了汤盘。其间，那位黑衣小姐睫毛都没动一下。隔了片刻，最小的小姐好像打算补救刚才的尴尬，说道："不过，他的军服全身都是黑的，伊达肯定喜欢。"黑衣小姐听后，转头瞪了她一眼。这眼神肯定是平日里茫然凝望，一旦对人，便无声胜有声。此刻，眼神虽在嗔怪，却似藏笑。我从小小姐嘴里得知，营长说起梅尔海姆的未婚妻时，提到的就是这位伊达小姐。于是我留心观察，发现梅尔海姆的言行无不露出对她的爱恋，而且已被伯爵夫妇认可。伊达小姐体形修长，在五姐妹中只有她是黑发。除了那双会说话的眼睛，她的俏丽在姐妹中并不突出。她常常锁上眉头，脸色稍显苍白，可能是身穿黑衣之故吧。餐毕，大家转到隔壁的小客厅，坐在软椅子和矮沙发上喝咖啡。仆人端来盛有烈酒的酒杯，除了主人，其他人都没要。稍后，营长端起一杯酒说："就我个人来说，这种荨麻酒才对胃口。"说完一饮而尽。这时，我背后突然传来一个怪声音："我个人，我个人……"我吃惊地回头去看，原来那里有一个大鸟笼，鸟笼里面的鹦鹉可能之前听过营长说话，此刻正在学舌。几位小姐低声笑道："哎呀，看这鹦鹉！"营长自己也被逗得哈哈大笑起来。

伯爵和营长去了隔壁的小房间，他们边抽烟边聊打猎。小小姐刚刚一直盯着我看，想与我这个少见的日本人搭讪，于是，我笑着说："这只鸟真聪明，是你的吗？"

"不是呀。家里没有说它是谁的，但我是最喜欢它的。之前我们养过很多鸽子，很听话，但也很缠人，伊达很讨厌它们，便让送人了。这只鹦鹉非常不喜欢姐姐，也正因这个原因，它还被留在这里。是不是呀？"她对着鹦鹉说道。这只不喜欢伊达的鸟便张开嘴，叫道："是不是呀？是不是呀？"

这时梅尔海姆走到伊达身旁，不知求她干什么，她摇头不应。等伯爵夫人发了话，她才起身走到了钢琴边。仆人赶紧点上了蜡烛，摆在两侧。"为你准备哪本琴谱？"梅尔海姆说着便朝钢琴边的小桌走过去。"不用了，我没琴谱也能弹。"说完，伊达小姐的手指便按在琴键上，金石碰撞般的声音瞬间响起。时而剧烈时而舒缓，她的脸色也像清晨的朝霞一样。那琴声忽如水晶珠滚动的细响，穆尔德河水也随之唱和；忽似刀枪交织，杀声阵阵，过往的行旅为之变色，百年城堡的旧梦被其惊醒。啊，一颗少女的芳心被封闭在了胸膛之内，无以言说，现在正依靠纤指不住地倾诉！我只觉得那琴声像汹涌的波浪击打着城堡，我与其他人一起在这一旋律中沉浮不定。乐曲进入了高潮，潜藏于琴弦内的种种精灵，好像声声泣血般诉说着无限的离愁。正在这时，城堡外忽然响起了低沉的笛声，与小姐的琴声相和，让人备感意外。伊达小姐正在物我两忘之中弹琴，不承想听到了那笛声，顿时曲调便错乱了，弹错了几个琴键。她突然站起身来，脸色更显苍白。几位小姐感觉不妙，小声说："捣乱的肯定又是那个蠢材兔唇！"此时，外面的笛声也停了。

伯爵从旁边小屋走出来，向我解释："这首曲子伊达弹得总是这么狂热，不要见怪，没吓到您吧？"

虽然琴音已然断绝，但余音绕耳，我回到房间后心神还处在恍惚中。今晚的见闻让我辗转反侧，看向对面床上的梅尔海姆，似乎也没有入眠。我存着许多疑惑，心有顾忌，但还是忍不住问了一句："今晚那奇怪的笛声，您知道是谁在吹吗？"梅尔海姆转过头说："一言难尽，不知何故，今晚我也难眠，干脆跟您说说吧。"

我们从尚未睡热的床上下来，对坐于窗下茶几前，正准备抽烟时，窗外又响起了那个笛声，断断续续，如同幼莺初啼。梅尔海姆干咳了几声，便开始说道：

"这应该是十几年前的事情了。附近布吕森村有一个可怜的孤儿，他六七岁时父母便感染瘟疫去世了。这个孤儿天生兔唇，长相丑陋，无人肯帮助他，快要被饿死了。一天，他来德本城堡讨饭。当时的伊达小姐只有十岁左右，觉得他十分可怜，便让仆人给他吃的东西，还把自己的笛子送给了他，说：'你吹一下。'他因为兔唇，根木无法吹奏。伊达小姐便请求母亲：'把他的嘴给治好吧！'伯爵夫人觉得伊达虽然年幼，但有一颗善良的心，便请来医生把那个孤儿的兔唇治好了。

"从那时起，这个孤儿便成了城堡的牧羊人。小姐送的笛子他从不离身。后来，他自己又用木头做了一支，没人教他，他便每天都认真练习，时间一长居然吹出别致的乐音来。

"我前年夏天来城堡休假，和伯爵全家骑马游玩。伊达骑着你见到的那匹小白马，跑得极快，只有我紧随其后。在经过一条窄路的拐角处时，突然对面驶来一辆堆满干草的马车。白马顿时惊跳起来，幸好伊达双脚夹紧了马鞍。还没等我上前搭救，旁边草丛里就传来一声惊叫，只见那个牧羊人飞奔上前，拼命抓住了白马的辔头，好不容易才让它恢复了平静。因此，伊达便知道了内情，这个牧羊人只要有空就会追随她的行踪。后来，伊达派人奖赏了他，但不知何故，不许他再这样跟踪。尽管他有时会碰见小姐，但伊达从不和他说话，他知道自己形象丑陋惹人厌烦，便总是知趣地躲避了。但是，他至今仍坚持远远地守护着小姐，他经常把小船停在小姐卧室窗下，晚上就睡在干草堆上。"

梅尔海姆说完这事，我们便又各自上床睡了。东侧的玻璃窗已经显得昏暗，笛声也停了下来。这一晚，我梦见了伊达小姐的俏丽身影。她骑着的白马突然变成了黑色，我正奇怪时，再一看，原来是那一张长着兔唇的人脸。梦里恍恍惚惚，我觉得小姐的白马原本平常，但再看时，小姐变成了狮身人面像的头，眼睛无神地半眯着。而那白马则变成了并腿蹲着的老实狮子。狮身人面像的头上还蹲着那只鹦鹉，正在嘲笑我，神情可憎。

第二天清晨，我打开窗户，朝阳染红了对岸树林，微风吹皱了穆尔德河面，泛起了层层涟漪。有一群羊正在河畔的草原上吃草，那个牧羊人身材矮小，穿着黄绿色短上衣，露着黑黑的小腿，一头杂乱的红发，此刻正噼啪作响地玩弄着自己的鞭子。

这天早上，我们在房间里喝过咖啡。因为国王中午时要莅临观看演习，我要随营长前往格里玛狩猎俱乐部的礼堂出席宴会，所以我穿好了礼服等着出发。这场宴会只招待将军及校官，梅尔海姆只能留在城堡，而我可以凭外国军官的身份出席。伯爵把自己的马车借给了我们，并在台阶上送别。虽然是在乡村，但俱乐部礼堂的富丽堂皇令我大开眼界，餐桌上的用具都是专门从王宫运来的，有纯银的盘子，梅森的瓷器[1]等。德国瓷器

---

[1] 梅森是欧洲最早成立的，也是最佳的陶瓷厂。

虽然模仿东方，但花形及釉色与我们本国不一样。不过，在德累斯顿的宫里倒有一间瓷器室，陈列着许多中日花瓶。

我是第一次见到国王本人，他一副白发老人的模样，是翻译了但丁《神曲》的约翰王的继承人，他语气亲切："贵国拟在我们萨克森设立公使馆，在这里得以结识阁下，届时期望您能来担任此职。"我听后受宠若惊，但必须让他明白：我国还没有任用故交担任要职的先例，且没有外交官经历的人也不能胜此重任。

当日赴宴的将军及校官大约一百三十人，其中有位身着骑服的老将军，身材魁伟，便是担任国务大臣的法布利斯伯爵。

我们傍晚时分回到城堡，在石门外便听到了女孩们的欢笑声。马车刚刚停步，已经和我很熟的小小姐便跑过来，拉着我的手说："姐姐们都在玩门球，您也一块儿来玩吧？"营长说道："别让小姐失望。就我个人来说，我要先回去换衣休息了。"我表示了遵从，跟随小小姐来到金字塔边的庭园内。只见女孩们正玩得兴起，草坪上到处都埋有弓形黑铁圈，她们用脚踩住五色球，双手使劲挥动小槌旁敲侧击，使球能从弓形黑铁圈里钻过去。技艺高超的可以百发百中，打不好的则会手忙脚乱，甚至会打中自己的脚。我解下佩剑，也加入其中，心里想着一定要命中！但事与愿违，球总是偏离路线。女孩们都哈哈大笑起来。这时，伊达挽着梅尔海姆的手臂走来，看上去两人现在的关系非常融洽。

梅尔海姆向我问道："怎么样啊？今天的宴会有意思吗？"

他不等我回答，便又说道，"我也来参加啊。"便走向了女孩们。几位小姐互相看了几眼，笑着说："我们已经玩了很长时间了。您跟姐姐到哪里去了呀？"

"我们到岩石角去了，那里很美，但不如金字塔这里好玩。小林先生明天就要跟我们到穆森去了，你们谁能陪他登上塔尖啊？请他在水车上欣赏火车飞奔的风景。"

向来牙尖嘴利的小小姐还没来得及开口，就有人抢先说"让我去吧"，我一看竟是伊达小姐。就像平日习惯了沉默的人一样，她突然开口后脸也随之变红了。她随即给我引路，我有点吃惊地跟了上去。剩下来的女孩儿围住了梅尔海姆，吵闹着让他在晚餐前讲有趣的故事。

金字塔朝向庭园的一侧，凿有一道很不平整的楼梯，直通向塔顶的平台。从下向上望去，对下上楼梯及站在塔顶之人都能一览无余。因此，伊达小姐自告奋勇地说要带路，也不算特别奇怪。她疾步赶到了入口，回头向我示意，我也急忙赶上，抢先登上了石梯。她在身后跟着，呼吸急促得似乎有些难受，我们便中途歇息了几次才到达塔顶。出乎我的意料，平台非常开阔，四周还有铁制的矮栏杆围着，一块经过打磨的巨石摆放在中间。

此刻，我们置身塔顶，远离地面。自从昨天在拉格维茨山遥望初见，我就出乎意料地被伊达小姐所吸引，而且这与猎奇或好色无关。而在这处高顶，我竟然同这位梦中的美女单独相处。举目远眺，萨克森平原的风景真是美不胜收，但这也无法同眼前的这位少女相比！她的心里，肯定既蕴藏着繁茂的森林，又拥有着深邃的渊薮。

终于登完了那些陡峭的石梯，伊达的脸色仍然泛着红潮，在绚烂的夕阳照耀下显得分外妖娆。她在塔顶的巨石上坐下，不住地平复着自己的呼吸。那双会说话的双眼，此刻，突然盯住了我的脸，这时的她比昨晚弹奏那首幻想曲时更加吸引人。不知为何，我觉得此时的她就像一尊精雕细刻的石像。

伊达张口说道："我了解您的心地，所以想请您帮忙做一件事。或许您会感到惊奇，昨天我们才相识，而且一句话都没说过，怎么谈得上了解呢？但我对此毫不怀疑。您演习结束后就会回到德累斯顿，国王会召见您，国务大臣也会在家设宴招待您。"说着，她从衣服内取出一封封好的书信递给我，然后叮嘱道："麻烦您把它转交给大臣夫人，千万不要让别人知道。"

我听说过大臣夫人就是她的姑母，而且她姐姐嫁给了大臣的儿子。不找熟人帮忙，反而求我这样一个初次见面的外人，再说，这件事假如真要瞒住城堡里的其他人，也可以偷偷邮寄出去啊。她的行为如此谨慎，却又如此反常，难免让我觉得她的精神是否有了问题。但这仅仅是我一瞬间的念头。伊达的那双眼睛不仅会说话，而且能够猜透人心。她为自己辩解："您或许听说了，法布利斯伯爵夫人是我的姑母。我的姐姐也嫁到了她家，但我不想让姐姐知道，所以才向您求助。如果只是提防我家里人，邮寄当然也可以，可是我很难独自出门，想要偷偷寄出也做不到，所以还请您谅解。"听完她的话，我明白了其中缘由，便爽快地应允了。

夕阳如彩虹一般，将光芒散射在城堡大门前的树冠上。暮色开始笼罩整个河面，大地一片苍茫。欣赏完美景，我们便走下了金字塔。那几位小姐听完了梅尔海姆所讲的故事，就在等我们下来。于是，我们一起回到了灯火通明的餐厅。今晚，伊达小姐的神情与昨夜不同，她兴奋地招待着客人，梅尔海姆似乎也跟着很高兴。

次日一早，我们便离开了德本城堡，向穆森出发了。

秋季演习在五天后便宣告结束了，军队开回到了德累斯顿。我本打算马上就到泽埃街的大臣宅第拜访，履行我对冯·毕洛夫伯爵的女儿伊达小姐的允诺。但按照当地的风俗，不到冬季的社交季，是无法轻易见到那些贵族大臣的。现役的军官前去拜访，通常只会被请进门房签名并说明缘由而已。所以我思来想去，还是作罢了。

军中事务繁忙，不知不觉便到了年底。易北河上游已经开始上冻，冰块如莲叶般漂浮在绿波上。王宫里举办了场面盛大的新年庆典，大家脚踩锃亮的打蜡木地板，纷纷上前拜贺身着盛装、雍容站立的国王。两三天后，我应邀出席国务大臣冯·法布利斯伯爵举办的晚宴。在和奥地利、巴伐利亚、北美等地的公使打过招呼后，我趁客人都在享用冰激凌时，走到伯爵夫人身旁，向她简要说明了事情始末，并把伊达的信顺利地交到了她手里。

进入一月中旬，我与一批刚刚晋升的军官一起，获准入宫拜见王后。我身着礼服进了王宫，与众人一起在厅中排成一圈，恭候王后。在谨小慎微的典礼官的引导下，王后款款而至。她让典礼官报上来宾姓名，对每人寒暄几句，然后摘下右手的手套，让人亲吻后退下。王后身材不高，一头黑发，身穿一件褐色华服，容貌并不出众，但声音极为优雅。"原来是名门之后，您的家族在普法之战中战功卓著啊。"诸如此类亲切的话，让人听后备感舒适。王后的随从女官走到内厅门口，右手持扇，笔直而立，身姿雅致，门框和廊柱如同画框，让她成为画中仙子。我不经意间瞥了一眼女官的面孔，那女官赫然竟是伊达小姐！她为何在此，这究竟是怎么回事？

在王城的中心，一座铁桥横跨于易北河之上，站在桥上远望，王宫的一排窗户占据了施洛斯街道的一侧，今夜格外明亮耀眼。我也有幸收到邀请，可以参加当天晚上的舞会。奥古斯都大街上车水马龙，我徒步穿行其中，看到门口有一位贵夫人从马车上走下来，她摘下自己的毛披肩，交给侍从放进车厢。她把自己的金发高拢上去时，露出的脖颈雪白晃眼。佩剑的王宫侍卫打开了车门，她不予理睬，径直走进了王宫。趁着那辆马车还未开走、后面的人还在等着上前的间隙，我赶紧从头戴熊毛盔、双手挂枪、立于门两侧的近卫兵面前穿过，踏上了铺有一道红毯的大理石台阶。台阶两侧都有穿制服的侍从列队，制服是由黄呢镶绿白边上衣和深紫色裤子组成，他们昂首挺立，目不斜视。依照旧俗，他们应该手持蜡烛，现在走廊和台阶处都点上了煤气灯，旧俗也就没必要保留了。楼上大厅风格古朴，黄蜡在吊烛台上燃烧着，光芒耀眼，还照亮了无数勋章、肩饰和女性首饰，与夹在历代先王画像间的大镜子交相辉映，那景象真是难以用言语来形容。

典礼官手挂饰有金穗的铜杖，终于"咚咚"敲响了脚下的拼花地板，天鹅绒包裹的大门随之无声地打开了。大厅中央，人群自然分出了一条甬道。据说，今晚有六百多位来宾，此时，都整齐划一地屈身相迎。王室成员从贵妇半裸后背的脖颈间，军官镶有金丝花边的衣领间，以及金发高髻间款步走过。走在前面的是戴着古典发套的两位近侍，紧接着是国王与王后，其后是萨克森·梅宁根王储夫妇、魏玛和勋伯格两位亲王，以及数位重要的女官。外边盛传萨克森宫的女官相貌丑陋，此言非虚。她们不仅个个其貌不扬，而且大都青春不再，有的甚至老得满脸皱纹，瘦骨嶙峋，但此刻正值盛典，不管怎样都得抛头露面。隔着这些人头，我看着她们一一走过，心里盼望的那个人却始终未见踪影。就在这时，队尾有一位妙龄女官步态从容地走来，不知是不是她。我抬头一看，果然没错，正是我的伊达小姐！

王室成员登上了大厅尽头的平台，各国公使及其夫人随即围上前去。早已等候在二层廊上的军乐团，此刻，一声鼓响，演奏起波罗乃兹舞曲。这支舞只需要每人用右手拎起女伴的手指，在厅内旋转一圈。领舞的是一身戎装的国王，引领一袭红裙的梅宁根储妃，随后是穿黄缎长裙的王后和梅宁根王储。这一轮舞只有五十对，转完一圈后，王后在有王冠徽记的椅子上落座，各公使夫人围坐在她的身旁，国王则坐到了对面的牌桌旁。

这时，舞会才真正开始。众多宾客在狭窄的大厅里巧妙地起舞，看上去大多是年轻的军官，以宫中女官为舞伴。我原来还纳闷儿，为什么梅尔海姆没有出席？现在才看明白，只有近卫军官才被邀请参加。伊达小姐的舞姿怎么样呢？我就像欣赏舞台上自己喜爱的明星一样凝视着她：天蓝色的长裙，只在胸前别了一朵带叶的玫瑰，除此再无装饰。她在拥挤的舞池中穿梭盘旋，裙裾一直毫无褶皱地转成圆圈，轻而易举地就夺走了那些珠光宝气的贵妇们的风采。

时光飞逝，黄蜡的火光因烟雾而逐渐黯淡，流下了长长的蜡泪。地板上散落着断纱和花瓣，越来越多的宾客去往前厅的冷餐处。这时，有人在我面前经过，侧脸看向我，半开的鹅毛扇遮住了下颌："不会把我忘记了吧？"说话的正是伊达小姐。"怎么可能啊。"我一边作答，一边赶紧跟上前去。"那边有一间瓷器室，一起去看看吧。那里的东洋花瓶上画的不知是什么花鸟鱼虫，请您给我解释一下。来吧！"说完，她便引我走了过去。

房间四面墙壁处安装着白石架，摆放着历代喜爱艺术的君王从各地收集来的大小花瓶，多到不可胜数。有乳白色的，有蓝宝石色的，有如蜀锦般色彩斑斓的，在墙壁衬托下精美绝伦。然而，经常出入王宫的宾客，今晚却没人驻足观赏；去往前厅的人，也仅是匆匆一瞥，没人肯停下脚步。长椅上、浅红底的坐垫上，织上了深红的花草图案。嫣红的坐垫与小姐天蓝色长裙相映成趣，宽大的裙褶精致无比，在一阵旋舞后居然毫不走样。她侧身坐在长椅上，用扇尖点着中间架上的花瓶，对我说道：

"岁月如梭，不想求您帮忙之事竟成了去年旧事，我还一直没机会道谢呢。不知您对此事有何想法。是您把我从苦恼中解救出来，我心中始终未忘。

"最近，我让人帮我买了一两本关于日本习俗的书来看。据说，在贵国婚姻由父母做主，夫妇间没有爱情的居多。这是欧洲的旅行者以嘲讽的笔调记录下来的。我仔细想想，这种事难道在我们欧洲就没有吗？订婚前可以长期交往，彼此相知，对婚事能自由表达自己的意愿。但是，贵族子弟早就由长辈订下了终身，即使彼此性情不合，也不能拒绝。天天见面，心中厌烦，却还得结为夫妇。这种世道真是难以理喻。

"梅尔海姆是您的好友，如果我说他不好，您一定会替他辩护。其实，我也知道他心地正直，容貌也不算差。但和他交往了几年，我真是心如死灰，丝毫激不起我对婚姻的向往。我越对他厌倦，他反而越发亲近。父母同意让我们交往，表面上，我有时会挽住他的胳膊，但只有我们两个人时，不论是在屋内还是庭园里，我心中都会有难以排解的郁闷，会情不自禁地深深叹气。尽管如此，我还得忍受得头昏脑涨，实在是忍无可忍。不要问我为什么，谁会知道呢？有人说，爱不需要任何理由，厌烦大概也是如此吧！

"有时当父亲心情好的时候，我就想向他诉说一下自己的苦恼。但当他看到我的神情,即使我还没说完,他也会阻止我说下去:'在这世间,身为贵族,就不要希望像那些山野村夫那样随心所欲。既然享受了贵族的特权,那就必须牺牲个人的权益。你千万不要以为我已经老了,你就可以不顾人情世故了。看看对面墙上你祖母的那张画像!她的心肠就跟她的相貌一样无比坚硬。她曾经对我说:你不要有半点非分的想法,为了整个家族的荣誉,就必须牺牲掉一点个人世俗的乐趣。几百年来,我们家族没有掺杂过一滴卑贱的血液。'父亲讲得非常温和,并不像他平常那种军人的生硬语调。我一直在思虑,如何跟父亲说,怎样回答他,现在只好把这一切都藏在了心里,无法面对,而我的心只能越来越敏感脆弱下去。

"我母亲一向对父亲言听计从,就算我把心事告诉了母亲,又有什么用呢?虽然我在贵族之家,但我也是活生生的人啊。尽管我看穿了贵族、门第之类的虚伪,像迷信、粪土一样可恶,但我这些想法在心里无处安放。为了这烦人的婚姻恋爱,如果怨恨使得自己身心俱疲,那就是名门之耻。要打破这铜墙铁壁般的世俗势力,我能依靠谁呢?如果在天主教国家,我还可以选择去做修女,但萨克森属于新教领地,那条路根本走不通。啊!是的,只有这如同罗马教廷一般、重礼而不通情的王宫,才属于我此生的归宿。

"我的家族在这个国度里地位显赫,又和权倾朝野的国务大臣法布利斯伯爵家里结了双重姻亲。我也曾经想过,如果这件事直接请求,也许办起来非常容易,但肯定不能说服我的父亲。不仅如此，以我的个性，从来都不会用改变自己来迁就别人的喜怒哀乐，也不想让别人以爱憎分明的眼光长久地注视着我。假如我把这个想法告诉父亲，他一定会想尽办法改变我，无论是软磨还是硬泡，都只能让我心烦意乱，无法忍受，而且，梅尔海姆见识非常肤浅，会认为我讨厌他才要逃避，我这样做都是因为他，那就太令人遗憾了。我经过仔细考虑，决定不为人知地进宫来当女官，正苦于无法实现之时，您恰好来我家做客。我们对您而言，无非如同路边的木石一般，但我知道您是一位至真至诚之人。姑妈一直非常疼爱我，所以，我才偷偷求您给她捎信。

"不过，这件事只有姑妈一个人知道，家里其他人我谁都没有告诉。姑妈只说宫里缺少女官，让我暂时去顶替；又说国王陛下难得对我非常满意，于是，就把我留了下来。

"梅尔海姆这样的人，在世间只会顺流而动，而不知锐意进取，他很快就会把我忘记，决然不会因为我而生几根白发。唯一令人可怜的是，您留宿我家的那一晚，打断我弹琴的那个牧羊人肯定伤心不已。听说我走之后，他天天晚上都把小船缆系在我卧室的窗下，并在那里入睡。有一天清晨，有仆人发现羊圈门没开，大家跑到河边一看，人去船空，只在干草堆上留下了一支木笛。"

她讲完时，午夜的钟声恰好响了起来。舞会随之结束，王后该回房歇息了，伊达连忙起身，伸出右手让我吻了一下。这时，众人都去角落里的阅兵厅吃夜宵，三五成群地从门前走过。

伊达小姐的身影混入其中,渐渐远去。只是隔着人群头与肩的空隙,不时还能看到她那身美丽的天蓝色衣裙背影,让我留恋至今。

游戏

1910年8月

木村是一位公务员。

这一天和往常一样,木村在早上六点钟准时醒来。正值初夏,天色已然大亮,但女仆这时有意回避他,还没有进来打开卧房的木板套窗。蚊帐外面的煤油灯还闪烁着微光,使这间独身的卧室显得格外寂寥。

木村照例伸手摸向枕边的怀表。这是一块个头很大的钢壳表,是邮政省订制发给乘务员的那种。与往日一样,时针刚好指向了六点。

"喂,来把窗户打开!"

女仆擦着手走了进来,熟练地卸下了木板套窗。外面天空仍旧一片灰暗,淫雨不断,气温不高,但湿度很大,迎面可知。

女仆穿着一件和服单衣,半巾带几乎紧勒入肉。她将木板窗逐一收进了窗箱后,额头便布满了汗珠,散乱的发丝被粘到了一起。

"啊，看来又是汗水不断的一天。"木村想着。他租住的房子离电车站有七八百米远，走路过去的话，即使出门时天气凉爽，到车站也得冒出汗来。

他来到廊下洗了一把脸，突然想起早上还有文件需要尽快交给课长。不过，课长一般八点半才到，自己只要八点前到就行了。想到这里，他望着阴沉的天空，脸上却是一种愉悦的神色。如果跟他不熟的人见了，可能对此会觉得非常奇怪：他为何如此高兴，有什么喜事吗？

在木村洗脸的时候，女仆已经熟练地收拾好了蚊帐和床铺。从卧室过去，拉开一道纸门，就到起居室了，两张呈直角状的书桌摆在里面，桌前铺着坐垫。此时木村坐到了垫子上，用火柴点燃了一根朝日牌香烟。

木村常把自己的工作分成两种：需要马上处理的事和抽空处理就行的事。一张书桌被收拾得干干净净，什么东西都没有，那是用来随时准备处理紧急事务的。当一件急事处理完后，便从另外一张桌上再取来一件。另一张桌上的待办事务非常多，总是堆积如山，他总是依据轻重缓急分开堆放，较紧急的放在最上面。

木村从坐垫一侧拿起一份《日出》报纸，摊在空桌上，直接找到第七版的文艺栏。他一边读着报，一边将掉落的烟灰吹向书桌的对面，脸上仍是那种愉悦的神色。

纸门另一侧传来响动很大的掸东西和扫地声，是女仆在匆匆忙忙地打扫卧室。掸东西的声音非常刺耳，木村批评过她很多次，可是女仆最多当天注意一下，隔天便又会这样。她不是用掸子上的纸条打扫，而是用掸子杆进行拍打。木村称之为"本能式扫除"。鸽子孵蛋的时候，即使把鸽蛋换成球状的白粉笔，鸽子仍会继续孵下去。结果不重要，例行公事就行。女仆就是这样，使用掸子的目的不是除尘，而是进行拍打。

不过，无论女仆是"本能式扫除"，还是"摇舌"，都表现得既活泼又麻利，木村对此很满意。所谓"摇舌"，只是某位浪漫主义时代的作家的戏言，指女仆在主人不在家时到外边找人闲聊。

木村似乎看到了什么内容，眉毛微微皱了起来。通常每次看完报纸后，木村不是一脸冷漠，就是皱紧眉头。报纸上的内容，不是与他无关痛痒，就是令他感到不公。既然这样，那不看就行啦，但他就是忍不住要看。看过忽冷忽烦之后，随即他又恢复了愉悦的神情。

木村是个文学家。

他在官署里做着烦琐无聊、毫无价值的工作，头发都快熬谢顶了，但还是无权无势之辈。不过，他作为文学家，虽没写出什么像样作品，却似乎多少有一点名气。不仅如此，自从他有了那点名气后，便被选调到地方上来任职了，就像他可有可无似的。等到头顶渐秃之时，他才有机会重返东京，又以文学家的身份再度活跃起来。他的经历还真是非同凡响。

如果说看完文艺栏后感到不公是木村自私自利的表现，认为他闻过则怒，得赞便喜，那是不符合事实的。不管事情与自己是否有关，只要看到无聊之事被戴高帽，有趣之事遭到无视，木村便会感到不公。当然，如果自己被拉进去成为例证，那感受就会更加真切。

罗斯福曾在全世界奔走游说："面对不公，勇于抗争！"那木村为什么不抗争呢？其实，木村在自己的前半生也曾经奋力抗争过。但他身居公职，一向把主要精力用于辩论，却没多少时间去创作了。恢复创作后，虽然写得并不高超，但他一直在写，所以便没有时间去辩论了。

那天文艺栏的一篇文章中有这样一段话："文艺必须得有情调，情调是在某种情境中形成的，且是难以形容的。与木村有关的杂志所刊载的作品，没有一篇是有情调的。木村本人的作品，似乎也是缺少情调的。"

文章的主旨大致如此，另外还举了若干事例，展示了与之相反、具备情调的作品特点如何。所举的事例让木村感到很难信服，有些甚至令他觉得根本不是正经作家能写出的东西。

其实，关于报纸文章的主旨，木村并不甚清楚。"情调是在某种情境中形成的"之类的话，他读完觉得实在不解。木村也曾读过很多哲学、艺术论的相关书籍，但对这些措辞，还是懵懂不明。确实，文艺的有趣之处，说"难以形容"也未必有错，这点倒可以接受，但"情境"又是什么玩意儿？古往今来，诸如戏剧之类的不都是把人物安排在时间和空间之内，来演绎故事的吗？赫尔曼·巴尔[1]说过，旧文艺着眼于剧烈、丰富而富有变化的行为张力，这和"情境"有何差异？只在"情境"之上形成等话，木村根本不能理解。

木村不是非常自信的人，但他也并不认为自己不能理解是因为自己愚笨。正相反，他对这位记者的论点很不以为然，甚至对他有点鄙视。当看到对方所举的有情调的作品例子时，他便更加瞧不起对方了。

木村皱眉的神情，很快又变成了愉悦。因为独居，便养成了爱动手收拾的习惯，他将报纸认真叠好，放至起居室走廊的角落里。这样，女仆就会从那里拿报纸用来擦油灯，剩下多余的就卖给收废品的人。

以上写了这么多，其实仅仅是两三分钟内的事，也就是抽一根香烟的时间。

木村将烟蒂按在充当烟灰缸的鲍鱼壳里。这时，他忽然像想起什么似的笑了笑，随后将堆在旁边桌上的十多本手稿样的东西全都抱了起来，放到了小衣柜顶上。那些都是日出报社请他审阅的应征剧本。

日出报社评选剧本时，邀请木村担任评选人。木村本来工作非常繁忙，并没有审阅剧本的时间。如果硬要挤，那就只能把抽烟休息的空闲用上了。但在抽烟休息时任谁也不想做头疼的事。应征的剧本中，饶有趣味的作品不会超过十分之一。他

---

[1] 赫尔曼·巴尔（1863—1934），奥地利诗人、剧作家、文学批评家。

之所以同意评选，是被对方再三请求，实在无法拒绝才勉强答应的。

《日出》第三版上，经常会刊载一些抨击木村的文章，措辞都差不多："木村先生一派的有伤风化。"特别是当剧院上演欧洲某位作家的剧本，正好使用的是木村译本时，这个惯用的抨击词语就一定会出现。那么，上演的是什么剧本呢？其实特别平常，就连审查制度严格到可笑程度的维也纳与柏林，不仅批准这个剧本出版发行，还会允许在舞台上表演。不过，那只是报纸第三版记者的文章，即使木村对报社内部不大了解，但对于报社在文艺方面的意见不可能在第三版上有所反映，他还是了解一些的。

但他刚刚读的第七版的文章却不一样。在文艺栏，即使文章署了个人名字，只要报社不加任何按语，那就如同政治板块的社论一样，可以等同于报社的文艺观点。因此，那篇文章既然批判了木村的作品没有情调，他参与评选的报刊作品也没有情调，那就如同在说木村对文艺一窍不通。那么，为什么还要邀请不懂文艺的人来评选剧本呢？如果毫无情调的剧本得以入选，那该如何是好？如何对得起众多的应征者？岂止对不起他们，也对不起我自己呀，木村想道。

木村经常被人讥讽为"文学业余爱好者"，但是正因为这样，当他遇到今天这种状况时，就自我安慰：纵然不再看那些无聊的剧本，自己照样可以生活下去。总之，请恕我难以胜任，不能再处理那一大堆东西了。如此一想，他就把那堆剧本搬到小衣柜上去了。

写成的文字会很长，其实只不过是一秒钟的事。

隔壁房间"本能式扫除"的声音终于停止了。纸门被拉开了，女仆把餐盘端了进来。木村就着芋苗酱汤，吃完了早饭。饭后他又喝了杯茶，背上便冒出汗来。盛夏终归是盛夏，木村想道。

木村换好西装，把一包尚未开封的朝日香烟放进兜里，便出了门。门口已经把午饭盒和洋伞准备妥当，皮鞋也擦过了。

木村撑着伞向车站走去，道路两旁都是一些小商店。见他路过这里，总有几家固定的商店主家上前跟他打招呼，他也会特别留意一下这些人。附近会有人对他表示好感，见面就打招呼；也会有人一脸冷漠，对他熟视无睹，但好像还没有人对他充满敌意。

木村一直在想那些跟自己打招呼的店主，到底出于什么心理。他们一定觉得写小说什么的都是一群怪人；同时还认为，写小说的不仅怪，还很可怜，所以想把对方当成自己的保护对象。这种心思，从他们打招呼时的神情中就可以看出来。木村对此既不反感，当然也不感激。

正像附近的人对他的态度一样，木村在社会关系上也没有敌人。人们或带有些许鄙薄地对他示好，或冷漠地不加理睬，仅此两种。

但是，在文坛上，他却经常遭受攻讦。

木村只求人们对他听之任之，不加理会。"不加理会"，就是由着自己自由创作，不会受到无缘无故地批判。另外，他在内心深处一直渴望着，能有几个知己在某处看到自己的文章，然后产生思想上的共鸣，那自己就太幸福了。

到车站的路刚走了一半，就恰好遇见小川从街道里出来。小川是部里的同事，在去上班时总有三分之一的可能与他邂逅。

"今天我出门稍早了一些，然后就见到你了。"小川说道，然后把伞侧开一点，和木村并排走在了一起。

"是吗？"

"每次不都是你先出来吗？刚刚在想什么呢，是不是在为你的大作构思啊？"

每当听到这样的话，木村便觉得有些腻烦，但他表面上依然神色愉悦，默不作声。

"我最近在《太阳》[2]上看见一篇文章说，你在官厅里循规蹈矩，与你的艺术创作彼此矛盾，并且无法调和。你看过这篇文章吗？"

"看过了。说什么有伤风化的艺术与公务员的服务准则之间矛盾不能调和，是吗？"

"嗯，还有'有伤风化'这种字眼呀？这我倒没注意。我只理解为艺术与公务之间的问题。依我看，所谓政治，就是维持现状，是一时的东西，而艺术却可以是永恒的。政治为一国服务，而艺术却是为全人类的。"小川是部里最能唠叨的人，

---

[2]《太阳》是1895—1928年由博文馆发行的很有影响力的综合月刊，主要登载政治、社会评论。

木村一直厌烦他这种人，但平日努力克制着深藏不露。对方好像唠叨的毛病又发作了，一直说个没完没了，"但是，你也读过罗斯福的相关演讲吧？如果照他的主张去实行，政治就不会是一时的了，也不会是一国的了。如果把它捧得再高一些，那政治就成了大艺术。这是否和你的理想一致呢？"

木村觉得这个话题太无聊了，差点儿把自己的眉头皱起来，但还是努力克制住了。

不知不觉间他们就到了车站。近郊的车站一般都是早出晚归，而此刻正是最拥挤的时段。两人撑着伞站在红色电线杆下，直到错过了两辆车，才终于挤上车去。

他们抓着吊环站着，小川似乎还想继续探讨。

"你谈一下，觉得我的艺术观如何？"

"我没想过这个问题。"木村有点不耐烦地答道。

"那你写东西时是如何思考的？"

"我从不思考。只是想写时就动笔写。嗯，就跟想吃饭时就吃饭一样。"

"那就是本能了呀？"

"也不算是本能。"

"为什么？"

"我是在有意识地书写。"

"哦？"小川表情怪异起来，不知心里在想什么，竟然打住了对话，直到下车都没再作声。

木村与小川分别后，便来到了自己的办公室。他把帽子挂到衣帽钩上，把伞也竖立着放好。此时，衣帽钩上只挂着两三顶帽子。

挂有竹帘的门敞开着。木村从穿白色制服的杂役身边走过，来到了自己的办公桌前。先来的同事还没开始工作，都在扇扇子纳凉。有的人跟他寒暄一两句，有的人只是微微点一下头，都是一些没精打采的苍白面孔。这不奇怪，因为他们每个月都会至少请一次病假，只有木村例外。

书柜已经脏得不像样子了，上面贴有"紧急时需携带"的纸条。木村从柜子里取出发潮的文件，在桌上摆成两堆。矮的那堆要今天处理，最上面那个文件还贴有舌状红条，是今早必须交给课长的急件。高的那堆就是可以在闲暇时慢慢处理，除自己的分内事之外，还有一些别处送来等木村进行字句订正的文书，其中非紧要的文件也都放在这堆里。

整理好了文件，木村便坐下，然后把那只乘务员大怀表拿了出来。此时差十分钟八点，离课长到来还有四十分钟的时间。

木村从高的那堆上取下最上面的文件，打开看了片刻，便将一张小纸条用糨糊粘在文件封面上，并在纸条上写了几个字。这些小纸条都用细绳挂在办公桌侧面，官厅里称之为飞笺。

木村从容地把事务一件件处理完。其间，他终保持着愉悦的神色，但此时他的心情却难以言说。他这人无论做何事，都秉持着小孩子做游戏的心态。同为"游戏"，则有好玩的，也有无聊的。对他来说，这样的工作就是无聊的游戏。官厅里的公务当然非同儿戏，他明白得很，自己不过是政府这架庞大机器上的一颗螺钉。他有自知之明,可是仍然以游戏的心态来工作。脸上的愉悦神色,就是他这种心态的展现。

每当做完一项工作,木村就会点上一根朝日牌香烟。这个时候,他就会放飞自己的思绪。自己运气不佳,就像遭到命运的戏弄一般,掌管的事务都非常无聊。但他并不会为此感到不满。不过,他也不会就此认命从而得过且过,其实他不相信宿命论。他曾经考虑过,假如辞掉这个工作,自己的处境会如何?他会想象一下辞职之后的境况。就像如今自己常在灯下写作那样,辞职后就得夜以继日地写作了吧。他写作时的心态,就像小孩子玩有趣的游戏一样,但这并不代表没有痛苦。无论玩什么游戏,都需要攻克难关,而且艺术也不是什么儿戏,这一点他并不清楚。自己手里的道具,如果是在真正的大师巨匠手里,是会创造出名闻天下的作品的。关于这一点他稍有觉悟,这种觉悟就是他的游戏心态。甘必大[3]的兵有一次进攻受阻,他便命令号兵吹号,但号兵吹的不是冲锋号,而是起床号!意大利人纵然身处生死攸关的境地,仍会有游戏的心情。总之,对木村来说,做什么事情都如同游戏。那既然同为游戏,喜欢的、有趣的自然好过那些无聊的。但哪怕是有趣的游戏,如果要从早到晚地玩,也会因单一而感到厌烦。眼前这无聊的工作,还能起到打破单一乏味的作用。

---

[3] 莱昂·甘必大(1838—1882),法国政治家,曾参与普法战争。其父为意大利裔,故文中称他为意大利人。

假若辞掉了这个工作，那再打算打破写作的单一乏味，又该怎么做才好呢？社交可以，旅行也可以，但那都需要钱。木村不想以临渊羡鱼的心态，去参与朋友交际。要学高尔基那样去愉快地行走流浪，那起码得有俄国人的天分，否则也做不到。还是做一个吝啬的小公务员好一些。他这样思考着，心里倒也没感觉出有什么绝望般的痛苦了。

有时候，他的思想越发肆意，甚至想到了战争。军队里吹响了冲锋号，高举战旗，纵马直前，一定是豪气干云。木村虽然从未生病，但他身材瘦小，应征入伍时被淘汰了，所以也没去过战场打过仗。他听别人说，所谓壮烈进攻，其实就是要头顶着沙袋匍匐前进。想到这里，他立刻对此失去了兴趣。假如自己身临其境，同样得头顶着沙袋匍匐进攻。这样的话，关于壮烈、豪情什么的想象就虚无缥缈了。而且，纵然能登上战场，自己也很可能被分配到辎重队去搬运物资之类的，任人鞍前马后地驱使。这就跟壮烈、豪情相距得越发遥远了。

木村有时也做航海梦。跨越滔天巨浪，横渡重洋，心情一定会很愉悦。把祖国的旗帜插在极地冰面上，会无比自豪吧。但是航海也会有分工合作，自己说不定会被派去给蒸汽机烧锅炉。如此一想，自豪之梦就醒了。

处理完一份文件后，木村便推到桌子对面，再从高堆上取下新的。刚才的文件是日本格子纸的，手里这个则是紫色西洋纸的。纸张握在手里，就像拿晾衣竿时手握住了鼻涕虫。

其间，五六位同事先后来到，都坐在了自己的桌前。八点的铃声响过不久，课长便到了。

木村不等课长落座，便把贴有红纸条的文件拿出来，站在稍远处，等着课长慢慢腾腾地从公文包中取出文件，然后打开砚盒开始磨墨。课长把墨磨好后，似乎不经意地朝这边看了一眼。他是一位比木村小三四岁的法学博士，戴着金丝眼镜，五官分明，眼神锐利。

"这是您昨天吩咐的事。"木村说着递上了文件。

课长接过去，大致看了一遍，说道："这个可以了。"

木村如释重负般回到了自己的座位上。递交的文件，如果第一次没能通过，那第二次也就很难得到通过，这就要改上三四次才行。课长会在修改过程中产生种种新想法，而且与初衷产生了差异，使修改变得越来越困难。这回能一次通过，是非常令人高兴的。

回到座位后，杂役把茶端了上来。在官厅，即使自己没有吩咐，杂役也会在早八点开始工作时送来一杯茶，如果午后还要办公，三点也会再送一杯。这是一种虽有茶色却无茶味的茶，喝完杯底还会存有许多茶渣。

喝完茶，木村仍旧从容地处理各项事务。处理低的那堆文件时，他只要偶尔对照一下账簿就行，因而进展非常顺利。这样一下子便处理好三四项事务，也不用抽烟休息。他在处理过的文件上盖好章，便吩咐杂役送往各处，有的还会直接送到课长那里。

在这期间，不时会有新的文件送来，贴有红纸条的他会立即处理,其他的就分别放在两堆文件的最下面,电报会像红纸条文件一样马上办理。

忙着处理事务时,木村忽然觉得热了起来。他朝对面的窗户望去,早上就已经灰暗的天空,此时已经有泛紫色的乌云在滚动。他再看看同事的面孔,都显得非常疲惫。他们多是下颌松垂,脸型稍微拉长。室内的空气湿度越发升高,将人挤压得难以抬头。纵使天气不像今天这么闷热,工作时间久了,出去方便回来时由走廊进入办公室,也会被劣质烟草味和汗臭味呛得难受。但即使这样,比起冬日闭门后的火炉气味来,夏日里还算是比较好的了。

木村看着同事的面孔,稍稍皱了一下眉,随即恢复成愉悦的神色,又继续工作了。

过了片刻,电闪雷鸣,大雨果然落下。雨点不停地拍打着窗户,声音可怖。房间里的人都停下手里的工作,看向窗口。

木村右边的同事山田说道:"太闷热啦,雷雨终于来了。"

"是啊。"木村答应着,神色愉悦地将头转向右边。

山田看到他的表情,好像突然想起了什么,小声说道:"你做起事来真是又快又利索,可我从旁边看来,总觉得你像在玩游戏一样。"

"怎么可能呢。"木村不动声色地答道。

他被别人这样说过不知多少次了。也可以这样说,他的神情、言语、举止似乎是在引诱别人这样评价他。在官厅里,前任课长特别讨厌他,说他做事不够认真。文艺界的批评家也批判他不够严谨。木村曾经有过一个妻子，不幸离婚了，那时两人只要争吵，妻子就会指责他："您总是在敷衍我、嘲弄我！"

其实木村心里并没有什么认真或不认真，只是对一切事物都抱有一种"游戏"的心态。这就使得品行保守的妻子感觉自己被当成了他的玩偶，备受屈辱。

对木村来说，这种游戏心态是一种天赋。一位与木村有交往的青年作家曾说过："先生总让人觉得他缺少一种现代人的重要特质，即紧张冲动。"不过，木村似乎并不因此感到不幸。

雷阵雨之后转成了淅淅沥沥的小雨，天气并没凉爽起来。十一点半过后，家在远处的同事纷纷到食堂吃盒饭了。木村通常一直工作到午炮〔4〕响后，才会一个人去吃午饭。

两三名同事去食堂之后，电话突然响了，杂役忙过去接听。说过"请稍等一下"后，他便来到木村桌前，说道："是日出报社打来的，说请您接一下电话。"

木村到了电话旁，拿起说道："嗯，我就是木村，有什么事吗？"

"非常抱歉打扰您，木村先生。就是应征剧本的事情，请问您大概什么时候能看完呢？"

"这个嘛，我最近太忙了，一时之间看不完啊。"

"是吗？"对方好像在考虑接下去怎么说，"那么，我改

---

〔4〕午炮，正午时分放的报时炮声，日本东京在明治四年（1871）到大正十一年（1922）实施鸣放午炮的制度。

日再拜访您吧，请多关照。"

"再见！"

"再见！"

木村的脸上掠过一丝笑意，心想：短时间之内，小衣柜上的剧本是不会拿下来了。如果是在过去，木村会在电话里说"我不会再看你们的剧本了"，这样电话里免不了一场纷争。如今他变得沉稳老练多了，在他的笑意里就隐藏着一些幸灾乐祸。不过，仅凭这种含有恶意的小气，未必能让他成为尼采主义的现代人！

午炮响了，大家纷纷拿出怀表上弦。木村也取出他那乘务员用的大怀表上了弦。同事早就把文件收拾好了，转眼之间就没了踪影，只留下了木村和杂役两个人。木村从容不迫地把文件收回到书柜，去食堂慢慢吞吞地吃过午饭之后，便又乘上了弥漫着汗臭气息的拥挤电车。

雁

1911年9月—1913年5月

一

这是一个很久之前的故事，碰巧我记得它发生在明治十三年[1]。我为什么记得这个年份呢？因为那时我正好住在一家名叫上条的公寓里，而这个故事的主角就住我的隔壁。上条公寓位于东京大学铁门的对面，这里在明治十四年着了一次大火，房屋都被烧毁了，于是我便搬了出来。而这个故事就发生在这次火灾的前一年。

住在上条公寓的大多是医科大学的学生，还有一些是去大学附属医院就诊的病人。大概都是这样，每一所公寓里都会有非常有人缘的房客。这种人出手大方，待人周到，如果在过廊

---

[1] 即公元1880年。

碰见坐在火盆前的老板娘，一定会先打招呼，甚至有时会坐下来一起烤火，再闲聊上几句。他还会在自己的房间里设宴请客，那时会特意找老板娘帮忙炒几个菜，表面上虽属叨扰，其实付账时会多给她点钱。这样来上几次，这种房客就会受人敬重，但有的就不免仗势欺人了。上条公寓里最有人缘的房客便数我隔壁那位了，但他和那一类不大相同。

他是一位名叫冈田的大学生，比我低一年级，不过也快毕业了。要把冈田这个人介绍清楚，就得先从他最显著的优点说起。他脸色红润，身体健壮，是那种毫不病态纤弱的美男子。我不记得自己曾经见过他这种相貌类型的人。如果非要寻出类似的，那就是这件事过后的很长时间，我的好友、处于青年时期的川上眉山[2]——对，就是那个后来陷入绝境、下场悲惨的文人——年轻时长得有点儿像冈田。但当时冈田是赛艇队的选手，身体比川上眉山壮实得多。

外表出众当然会赢得众人的青睐，但若是仅此而已，那就并不保证冈田在公寓里备受好评。那么，他的品行怎么样呢？据我所知，没多少人能像冈田那样，把大学生活安排得如此井井有条。他并不是那种每学期都特别在意考试成绩、以成为特等生为目标的专心钻研的学生，他学习从来都是中规中矩，保证成绩中等偏上即可。该玩的时间他一定会去玩，吃过晚饭后

---

[2] 川上眉山（1869—1908），日本明治时代的小说家，以写作社会矛盾题材的"观念小说"闻名，于1908年自杀。

一定要出外散步，晚十点前肯定回来。周日他或者划船，或者外出远游。除了赛艇比赛前去向岛集中训练、暑假时回老家之外，他在房间内和出门的时间表从没有被打乱过。不论何人，倘若在午炮时忘记对表，都会来冈田的房间问他。就连上条公寓账房里的钟表，也经常要靠冈田的怀表来校对。时间一久，大家都习以为常，都觉得冈田非常值得信任。他既不曲意奉承，也不奢靡浪费，公寓老板娘也对他称赞有加，就是因为他值得众人信赖。冈田每个月都会准时给付房租，这也自然增加了老板娘对他的好感。

"你看看人家冈田先生……"这句话成了老板娘的口头语。

"我是没办法像冈田那样的了。"这时也经常会有学生抢白。

这样不久，冈田自然而然地成了公寓内的模范房客。

冈田每天散步，走的路线都大致相同。穿过冷僻的无缘坡，绕过注满了蓝染川黑色河水的不忍池[3]北岸，在上野山上信步。之后，他路过松源、雁锅[4]所在的大街和狭窄热闹的仲町，进入汤岛天神的神社，转过阴森森的臭橘寺[5]拐角往回走。有时他也会在仲町向右走，经无缘坡回去。这是一条他经常走的路

---

[3] 不忍池是东京上野公园里的一个天然池塘。蓝染川，东京的一条河流，因下游多有蓝布作坊，故被称为蓝染川。

[4] 都是当时出名的饭馆。

[5] 臭橘寺本名麟祥院，为德川家光的乳母春口夫人晚年隐居之所。

线。有的时候，他会穿过大学走出赤门[6]。因铁门关得早，他就从病人进出的长屋门回到学校——那座长屋门已经被拆除，如今在春木町到头处新建了一道黑门。出赤门后就是本乡大街，走过一家黄米年糕店，便进入了神田明神的神社。然后，他便走过当时造型很奇异的眼镜桥，在柳原街区待上一会儿，接着回到御街[7]，穿过西边的窄巷，还是来到臭橘寺的门前。这是另一条他常走的路线。除此之外，他很少走别的路线。

冈田在散步时做些什么呢？他常到旧书店里闲逛。当时的上野大街和仲町的旧书店，到现在只保留了两三家，御街上有些旧书店还是当年的样貌，而柳原的旧书店则全然消失了。本乡大街上的旧书店差不多都更换了地点和店主。出了大学的赤门后，冈田很少向右走，不仅是因为西边的森川町街道窄小沉闷，还因为那里没有一家旧书店。

冈田喜欢逛旧书店，用如今的话来讲，是因为他有文学爱好。不过，当时新小说和新剧本还没有出现，抒情诗里子规的俳句和铁干的和歌[8]也还没有问世，人们只能看用宣纸印的《花月新志》和用白纸印的《桂林一枝》之类的杂志，槐南、梦香等

---

[6] 赤门是东京大学西南门，位于本乡大街，是东京大学的标志性建筑之一，1827年加贺藩主与德川幕府家结亲时所修建。

[7] 此处指东京神田万世桥到浅草桥的一段，皇族、将军等外出的通道。

[8] 正冈子规（1867—1902），日本近代著名俳句诗人，俳句和短歌革新运动的主要推进者。与谢野铁干（1873—1935），日本近代诗人，与妻子与谢野晶子一起推动浪漫主义文学，是明治三十年代诗坛的主导者。

人的香奁体[9]诗还被看作一时的风雅。我也喜欢看《花月新志》，至今还有印象。是最先开始翻译西洋小说的，我记得自己看的第一篇西洋小说就是在它上面，那是用白话文体描述的一个西洋大学生在回乡途中遭遇不测的故事，译者名叫神田孝平。大致情形就是这样，所以冈田的文学爱好也只是对汉学家们以诗叙事载道感兴趣，拿来读读而已。

我这人生性不善交际，哪怕在校内撞见熟人，没事时也不会上前去搭话。对于一起住在这家公寓的同学，我也极少脱帽致意。但我和冈田关系比较亲密，这大概是因为都喜欢逛书店的原因吧。我也喜欢散步，不过路线不像他那样固定，但我很能走路，可以信步从本乡走到下谷、神田，途中遇到旧书店就进去逛逛。这时经常就会在书店里邂逅冈田，不知我俩谁先开口说的"经常在书店见到你啊"，反正就这样开始亲切地说起话来。

当时，在神田明神前面斜坡的拐角处有一家旧书店，店外的钩形条凳上摆满了旧书。有一次，我看上了一套汉文的《金瓶梅》，向店主询价，答曰七块。我还价五块，店主说："刚刚冈田先生出价六块，我还没卖呢。"那时我手头还算宽裕，便按原价买了下来。两三天后，我又遇见冈田，他说："你也

---

[9] 香奁体指以妇女闺阁为题材的诗词，多香艳之语，因韩偓《香奁集》而得名。森槐南（1863—1911），日本明治初期著名的汉诗诗人。日下部梦香（？—1863），江户时代词人，所著《梦香词》为日本第一本词集。

太过分了。我好不容易寻到那套《金瓶梅》,却被你抢先了!"

"店主说,你跟他价格没谈妥。你如果想要,那我就让给你吧。"

"不必了。你就住我隔壁,等你看完,借给我看看就好了。"

我高兴地答应了。就这样,之前虽住隔壁却长时间互不问候的我俩,开始有了来往。

二

那时候,无缘坡南侧就已经是岩崎的府邸[10]了,只不过不像现在这样围起了气派十足的高墙。原来的石墙脏兮兮的,石缝里长满青苔,有时还能看到山蕨菜和问荆草。我没进过府内,所以不知道石垣上是平地还是山丘。反正当时石垣上灌木丛生,在路上都能看到树根,根处还布满杂草,看样子像是从没有修整过。

无缘坡北侧,是密密麻麻的破房子,最像样的也就是有围墙的小店,还有就是手工匠人家。小店无非是些杂货店、烟店什么的,其中最引人注目的要数一个女裁缝家。白日,能从窗格里看到许多女孩在做工。天气晴朗无风时,窗户会打开,我

---

[10] 这里指三菱财阀岩崎氏旧邸,岩崎氏第一代岩崎弥太郎1878年买下此地开始建造,直到1896年才竣工。故事此时约发生在19世纪80年代,岩崎邸中的重要建筑如西洋馆、和馆和台球室等都还未建成。

们这些学生路过这里，那些聊得热火朝天的女孩会抬起头来朝路上看，然后再接着做工聊天。裁缝家隔壁是一户人家，那家人把格子门擦得非常干净，门口水泥台阶上还铺上了花岗石。我偶尔傍晚时分经过这里，会看到门口还洒过水。天气转凉后，窗户就会关闭，天热了就挂上竹帘。裁缝家总是热热闹闹的，而这户人家就显得分外宁静。

这个故事发生的那一年九月，冈田从老家回来后不久，他吃过晚饭按照惯例外出散步。在路过临时设置为解剖室的加贺公馆旧宅，正信步走下无缘坡时，他突然看见一个从澡堂出来回家的女人，走向了裁缝家隔壁的那户冷清人家。这时秋季已经来临，屋外不再有人乘凉，一时之间街上也没有行人。冈田路过时，女人正好走到那所房屋的格子门前，刚要开门，听见他的木屐声，手放在门上停了下来，转头与冈田四目相望。

女人身穿藏青色丝绸单衣，系了一条黑缎与茶色博多丝的双面夹腰带，细细的左手随意挽着一个精致竹篮，里面露出毛巾、肥皂盒、米糠袋[11]和海绵等物品，右手则放在格子门上。她转身回眸的样子，并没有给冈田留下多少印象。但冈田注意到，女人刚梳好发髻，鬓间毛发薄如蝉翼，高鼻梁，细长而多愁的脸，不知为何从前额到脸颊略显扁平。但这只是瞬间的感觉，等他下坡时便已将女人忘得干干净净。

两天后，冈田又经过无缘坡来到格子门附近，那日沐浴开

---

〔11〕米糠袋，洗澡时擦身用的袋子。

门的女人，忽然从记忆里冒了出来。他向那户人家望去，发现窗台上钉了几根竹桩，架放着两层用蔓草缠就的细木条。纸窗开了大约一尺，可以看见里面有一盆万年青，花盆里还扣着蛋壳。冈田特意张望，步伐不觉放缓下来，等到房子前时就多了几秒钟的时间。

当他来到房屋正前方时，意外发现在万年青的花盆上方，在暗灰背景的衬托下，突然出现了一张白净的脸庞。看见了冈田，那张脸上露出了一丝笑容。

从那以后，每当冈田散步路过这户人家时，差不多每次都能看见那张女人的脸。她不断闯进冈田的遐想之中，渐渐地开始为所欲为。女人特意在等自己经过？或是她只在无意地张望，碰巧与自己撞见？冈田心中不免生疑。他回忆遇到女人沐浴回家那天的以前，自己是否曾透过窗口见过她的脸。思来想去，他印象中只记得无缘坡的北侧街上，最热闹的是裁缝家，隔壁只是打扫得干干净净，平日格外静寂，仅此而已。他也曾经想，到底什么样的人住在屋里，不过始终也没有把这弄清楚的心思。窗户总是紧闭，要么就放下了竹帘，里面悄然无声。这样一想，这个女人最近一定是留意窗外，开窗等着自己路过。冈田得出了最终结论。

每次路过那里都会碰见她的，冈田被这种想法纠缠住了，他渐渐地对"窗口的笑脸"有了些许好感。就这样两个星期过去了。这一天黄昏时分，冈田走到那扇窗前，装作无意地摘下帽子致意了一下。那个女人白净的脸上立刻泛起了红晕，些许乐意变成了灿烂的笑颜。从这以后，冈田每当路过这里时，都会向窗口的那个女人示意。

三

冈田很喜欢读《虞初新志》[12]，特别是书中的《大铁椎传》，他甚至能全篇背诵下来。他因此早就想去习武，但始终没有机会，也就只能作罢。这几年他热衷于练习赛艇，有很大的进步，被同伴推选为主赛手，这也是他想要习武健身的结果。

冈田还喜欢《虞初新志》里的一篇文章，就是《小青传》。小说中的女人，如果用新词形容，那就是：她略施粉黛，稍加妆容，就能让死神望而却步。那是一位把美当成生命意义的女人，引起了冈田深深的同情！在他看来，女人无非就是可爱美丽的生物，无论身处何时何地，都该心如止水，仔细护理好自己的容颜与心境。他之所以这样想，或许是因为他香奁体的诗词和敏感多情的才子佳人文章读得太多了，潜移默化中思想受到了感染。

冈田向那个女人脱帽致意后过了很久，他也没有试着去打听女人的身世。不过，从房屋样式、女人的穿着装扮上，可以知道她有可能是别人的外室。这并没让冈田感到不快，他不知道女人的名字，也并不很想知道。如果留意一下门牌，就总可

---

[12]《虞初新志》，清初张潮(1650—?)编纂的短篇小说集。

以知道名字,但女人在时不便特意去看,女人不在时又要怕四邻和路人误会了自己。就这样,房檐之下的小木门牌上写了什么,冈田一直都不知道。

四

关于这位女人的身世,其实我也是在这个以冈田为主角的故事结束后,才偶尔听说了一些的。不过,为了方便起见,我还是先略微说一下吧。

那是之前大学的医学部还在下谷时的事,学生们都在旧藤堂藩府[13]的下房寄宿。那里是涂浆的灰瓦,墙上开着几排窗户,如同棋盘格一样,窗上嵌着手臂粗细的木栅,学生住在里面,说句难听的,就跟生活在兽笼里一样。那种窗子现在已经非常罕见了,大概也只有丸之内[14]的望楼上还有保留,即使如今上野动物园里饲养狮子老虎的兽笼,也比那个好很多。

宿舍里有帮学生跑腿的杂役。当时那些学生穿着小仓布裙裤,系着白布腰带,要买的东西无非"羊羹""金米糖"那几样。"羊羹"就是烤红薯,"金米糖"是开花豆。我把这些记录下来,或许对文明史有点参考价值。杂役跑一次腿,就会收两分钱报酬。

---

[13] 即伊势津藩的藩主藤堂高虎(1556—1630)的府宅,位于今上野公园附近。藤堂高虎是江户时代初期的著名武将。

[14] 也叫本丸之内,原笼统指城堡的中心部分,现将东京都千代田区的商业金融中心地区称为丸之内。

杂役们大都像毛栗子壳般的胡子拉碴，大声喊叫。其中一个名叫末造的杂役却是例外，他总把胡子刮得干干净净，说话细声细气。其他人的衣服都脏兮兮的，他却衣衫整洁，有时还特意穿一身细纹洋布的衣裳，外面还系一条围裙。

不知何时何人说起，没钱时可以先找末造垫付。刚开始，不过是五毛、一块的小数，后来慢慢涨到了五块、十块。他让借钱人写下字据，逾期不还就改立利上加利的新字据。末造最终成了一个不折不扣的放高利贷的。他的本钱从哪里来的？不会是靠两分钱一次的跑腿报酬攒的吧？不过，如果有人将全部精力放在一件事上，那也许就没有办不成的事。

就这样，当学校从下谷迁回本乡时，末造就已经不再是杂役了。不过，还是经常有冒冒失失的学生从他在池边的新家里经常进出。

末造当杂役时已经三十多岁了，虽然家境不好，倒也早有了妻室儿女。他靠放贷发财搬家之后，渐渐觉得自己的老婆既丑又让人烦，太不称自己的心了。

末造在这时候想到了一个女人。他之前去大学干活，途经练屏町后街的一条窄巷时，偶尔会碰到那个女人。那一带的下水沟盖板经常是坏的，在下水沟附近有户人家，一年到头房门半掩半闭，门内昏暗看不清。晚上返回时，他又能看见那家屋檐下总会停着一辆摆摊用的板车。即使没有板车，行人也得侧身才能通过那条窄巷。之所以引起末造的注意，是因为这家总会传出弹三弦的声音。后来，他知道了是一位十六七岁的可爱姑娘在弹奏。这个姑娘将家里收拾得整整齐齐，穿着也清爽干净，一点儿也不像是这种穷苦人家的孩子。在门口时，一旦有人经过，她就会立刻躲回小屋里去。

末造天性谨慎，做事小心，因此即使没有特意去打听，也知道了这个姑娘名叫阿玉。她的母亲已经过世，与父亲相依为命，父亲一人在秋叶原摆摊卖吹糖人。

没过多长时间，窄巷附近便发生了重大变化。末造夜晚经过那里时，再也看不见屋檐下的那辆板车了。当时正在流行"文明开化"，那座窄巷小屋及其周边也被席卷进来。坏掉半边的阴沟盖板换成了新的，家门口也变了样，装上了新的格子门，有时还有皮鞋放在门口。不久，门口钉上了写有"巡警某某"的新门牌。末造从松永町跑到仲徒町，为学生们跑腿买东西，无意中听说吹糖人的老父亲家里招了个女婿，就是门牌上写的那位巡警。老父亲把阿玉视如掌上明珠，但把她交给那个凶狠的巡警，简直就像天狗吞月一般。那位女婿闯进了他家，老父亲心里很是憋屈，和几位平日好友商量对策，但没有人敢劝他回绝掉这门亲事。有人说道："你看，我说给你女儿找个好人家，你却不情不愿，说什么不舍得两人分开。这下可好，赶来个推不掉的女婿！"还有人吓唬他："你要是不同意，就只能把家搬得远远的。但那人是个巡警，说不准马上就能查出你家搬哪儿了，再撑过去还是逃不掉啊。"其中有位老板娘，以懂事闻名，说道："我说过吧？女儿长得太好看，三弦师傅都夸她聪明伶俐，该趁早送她去当艺伎。那个凶恶的巡警挨家挨户找媳妇，你还把漂亮女儿留在家里，他当然会给你抢走啊。被那种人看上，也就只能认倒霉，这有什么法子啊？"

末造听到这个消息后，过了不到三个月，一天早上他看到那间房门紧闭，门上贴的纸写着"此房出租，经办人在松永町西头"。后来末造去跑腿，又听到街坊的闲言碎语，说巡警在老家有妻有子，冷不丁找上门来大闹了一场，阿玉跑出来要跳井，幸好被偷听的邻居太太给拦下来了。巡警跑上门来当女婿时，老父亲和许多人商量，但没有人能在法律方面给出建议，所以对如何办理户籍、提交申请什么的，老父亲一概不懂。巡警捋着胡子说一切手续由他来办，不必再操心了，因此老父亲就没有生疑。

当时松永町有一家名叫"北角"的杂货店，店员姑娘白净的圆脸，下巴短短的，学生戏称她为"没下巴"。这位姑娘对末造唠叨："阿玉姑娘真是太可怜了。她是个老实人，把那个巡警真心当成了丈夫。可那个浑蛋却把她家当成了旅馆！"北角的秃顶老店主在旁插话道："她的老父亲也够可怜的，在街坊面前丢了人现了眼，没脸在这里住下去，就搬到西鸟越去了。可是，没有了以前那帮小孩子主顾，他的买卖也就没法再做了，所以还得回秋叶原摆摊。本来已经把板车都卖了，结果还得去佐久间町的旧家具店，跟人家说好话把车子又赎了回来。赎车加上搬家，又花了不少冤枉钱，日子肯定更难过了。那个巡警把老婆孩子放在老家，自己在这里吃喝玩乐装单身大爷，还让不会喝酒的老爷子陪他。唉，那几天老爷子还在做梦，以为自己要苦尽甘来了呢。"说完，杂货店店主摸起了自己的光脑袋。

从那之后，末造渐渐地忘记了卖糖人家的阿玉。如今他发财了，可以随心所欲，阿玉的身影又突然浮现在他的脑海里。

现在末造交际广，而且有头有脸，就让人在西鸟越一带打听，便得知柳盛座戏园后面车铺的隔壁，住着一个会吹糖人的老人，而且有个名叫阿玉的女儿。于是末造托人去提亲，说有位富商看上了阿玉，想纳她为妾。阿玉一开始不愿意做小妾，不过她性情温顺，为了老父亲，最终同意了。于是，他们约定了在松源饭馆相见。

五

末造这个人除了对钱，对其他东西都漠不关心。但当他知道了阿玉的下落，便不管人家还没答应婚事，便在附近开始四处挑选房子。他转了很多地方，比较中意的有两处。一处在池边，不忍池的西南角。这处房子就在福地源一郎[15]府宅的隔壁，也就是在末造的家与当时名叫"莲玉庵"的荞麦面馆的中间稍偏向面馆方向，离街面略往后一些。方格篱笆墙内种着一株金松和两二棵扁柏，从其枝叶间可以看到竹子格的矮窗。房子外贴有招租广告，末造便走了进去，里面还住着人，一位年约五十

---

[15] 福地源一郎（1841—1906），即后文的福地樱痴，日本近代的新闻记者、剧作家和小说家，本名福地源一郎。

的婆婆带他参观了一下。没等他问,婆婆便告诉他,她的丈夫本来是西部一位藩主的家臣,废藩后无事可干,为了赚点零钱,就在大藏省谋了个差事。他已经六十多了,很爱干净,喜欢在东京城转悠,专门找新房子租住,一旦稍微旧点便立刻搬家。当然,他们的孩子早已经长大成人,自立门户,没人在房子里瞎弄,可是房子都会住一段时间就变旧的,门窗得换新纸,座席也得换新的,老爷子便说别费那事,干脆搬走得了。老婆婆对老爷子的洁癖非常厌烦,即使面对陌生人,也絮絮叨叨起来。"房子里还很干净,他就非要吵着搬家。"她边说边带着末造查看各个房间。确实,房子里的角落都打扫得非常干净。末造觉得这里不错,就把押金、房租和经管人的姓名都写在了本子上。

还有一处是个小房子,位于无缘坡的中央。门外虽然没贴招租广告,但是末造听说了那房子要出售,就过去看一下。房主在汤岛的新开路上开着一家当铺,父母就一直住在这里,前些天父亲刚刚去世,房主就把老母亲接去了汤岛的当铺那里。这间房子的隔壁住的是一位裁缝师傅,平日虽然有点儿吵闹,但房主父母在这儿住时,精心种了一些花草树木,看上去非常舒服。无论是外面的格子门,还是花岗石的台阶,都显得非常雅致清新。

那天晚上,末造就躺在铺上寻思,到底该挑选哪一个房子。他老婆阿常在旁边哄孩子睡觉,最后自己也睡着了,张着大嘴开始打呼噜,毫无女人样。他总在夜里思考如何放债收利,也就经常熬到很晚还不睡,所以阿常从不管他几点睡觉。末造看着她的脸，觉得太可笑了，心想："唉，都是女人，她怎么长成了这副模样！阿玉好久没见了，记得那时她还像个孩子，温顺又倔强，真想一把把她搂到怀里。现在她一定长得更漂亮了，真想早点看到她的样子。这个丑婆娘，只知道浑吃闷睡。还以为我就知道赚钱，那她就错太多了。嗯？有蚊子。下谷这地方就这点令人厌烦。该把蚊帐挂起来了，咬了婆娘不要紧，别咬了孩子们。"

末造心里想着这些，转念就又想起了房子，就这样等他拿定主意，已经是深夜一点多了。他的想法是："或许有人认为风景好就是好房子。池边的房子，风景是不错，房租也便宜，但租房总是事多麻烦。并且那地方太过敞亮了，很容易就会被人看到。如果不经意开了窗，正好婆娘带孩子去仲町，被她瞧见了那就事大了。无缘坡的房子虽然有点儿暗，但除了偶尔有散步的学生，很少有其他人路过。花一大笔钱买这个小房子，确实不太称心，但那房子木料很好，比较下来还算便宜。再买上一份保险，无论什么时候卖出去都不会亏本的，这样倒让人放心。就无缘坡的房子吧。以后到了黄昏，我去澡堂泡一下，把自己收拾好，找个借口骗了家里这婆娘，就去那边住。开了格子门，我就直接进去。里边什么样呢？阿玉那小妞儿，一定抱个猫什么的，正百无聊赖地等着我呢。她还要打扮得漂亮些，给她买上几身衣服。且慢，先不能乱花钱。当铺里有很多不错的赎不了的物品，去那里买就行了。可不能像某些人给女人花钱大手大脚，不惜血本，我可不能干那种蠢事。就像隔壁的福地先生，房子建得比我的气派，领着数寄屋町的艺伎在不忍池边瞎转，惹得学生看着眼红，自己在外面潇洒得意，其实家里穷得快吃不上饭了。他算什么学者，不过是靠支笔卖弄些文字，还那样花天酒地，早晚会有卷铺盖被赶走的那一天。哦，对了，阿玉还会弹奏三弦，要是她温柔地弹个小曲给我听，想想就不错。不过，她也就当过几天巡警的老婆，不懂什么世故，怕是不肯照做。即使我让她去弹，她大概也会说'您要取笑我的'，不肯弹奏。她肯定是做事羞羞答答，脸蛋通红，手脚扭扭捏捏的。我第一回晚上过去，该怎么办才好呢？"末造浮想联翩，无休无止。慢慢地，幻想变得断断续续，白净的肌肤若隐若现，喃喃细语如在耳边。他心满意足地睡着了，身旁的阿常还在鼾声不止。

六

在松源饭馆和阿玉相亲，对末造来说简直就像过节一样。虽然他小气吝啬，不过积累财富的人各种各样。注重小节，比如将一张手纸分成两半用，或者用一张明信片写信，恨不得把字写得小的得靠显微镜来看，这些都是他们共同的特质。不过，有的人把这毛病体现在自己生活的方方面面，真是拿指甲当蜡烛的极端吝啬；有的人则在某些方面给自己开个孔透气。从前，小说戏剧里的那些守财奴，都是彻头彻尾的吝啬鬼。而实际生活当中的爱钱人，大多并不会那样。有的人虽然小气，但对女人却一掷千金，或对美食从不惜财。之前我说过，末造这个人非常讲究穿着。他在学校当杂役时，轮休后他便脱下杂役那身窄袖裌，换上商人经常穿的体面衣服。这是他的乐趣。学生们偶尔碰见身穿细纹洋衣的末造，肯定非常吃惊，就是这个缘故。除了爱讲究穿戴，末造就没有别的嗜好了，既不喜欢眠花宿柳，也不贪恋吃喝。就连去莲玉庵吃上一碗荞麦面，他还得仔细思量一番才行。至于家里的老婆孩子，他更是从很早以前就不带出去下饭馆了。因为他觉得老婆的装扮与自己不协调。每当老婆想买东西，他就会反驳："别傻了，你和我不一样。我在外要应酬，是不得不这样的。"后来他手里的钱利滚利，也就和众人一起出入酒馆，但只有他自己时是绝对不会去的。不过，这回跟阿玉相亲，末造想找个隆重的排场，便把地点定在了松源饭馆。

　　相亲的日子马上就要到了，但还有一个问题末造没法避开，那就是给阿玉购买新衣服的事。如果只是阿玉倒也算了，还有她的父亲呢，也得给做一身新衣服才行。这连媒婆都觉得非常为难，可是阿玉对父亲言听计从，要是不答应这个要求，这门亲事难免谈崩，所以这也是没办法的事情。父亲是这样说的："阿玉是我的宝贝独生女。跟别人家的女儿不一样，她只有我这一个亲人了。从前，我和老婆在一起生活，日子清苦。我老婆三十多岁时生下了阿玉，因为生产得病去世了。我只能去别人家讨奶来养活这个孩子，好不容易养到四个月大了，江户城内流行麻疹，阿玉也被感染了，医生都说无药可医了。我顾不上生意，一心只管照顾她，终于把她从死神手里拉了回来。那时社会动荡，井伊大老被刺的次年，生麦那边又打伤了洋人[16]。从那以后，我的生意没了，变得一无所有，有多少回都想一死了之。但阿玉的小手在我胸前乱抓，两只大眼笑嘻嘻地盯着我。孩子这么可爱，我怎么忍心丢下她自己去寻死呢。于是我努力打起精神，一天天地拼命活着。阿玉出生时我就已经四十五岁了，因为长年吃苦，所以显得更老。可即使是这样，也有好心人来给我说媒，说一个人或许吃不上饭，但两个人肯定就有饭吃，要给我介绍一个有点钱的寡妇，去做上门女婿，让我把阿玉送出去。我舍不得自己的女儿，便一口拒绝了。可俗话说人穷志短，我把阿玉辛苦养大，却被一个无耻之徒给骗了，我恨死他了！幸好人人都夸她是个好姑娘，我想把她嫁个正经人家。可是被我这样的父亲拖累着，哪个人肯娶她啊？就算如此，我也决定，不管怎样我的女儿绝对不给人当小妾。可是你说那家的老爷老实可靠，而且阿玉就快二十了，总得趁她岁数还不算太大时嫁出去才好。我只能点头同意了。我嫁的是我的宝贝女儿，必须得让我一起去，看看那位老爷。"

媒婆把老爷子的这番话传过来时，末造觉得与自己的想法有出入，心里就不太痛快了。他原计划等媒婆把阿玉带到松源

---

[16] 井伊大老即井伊直弼（1815—1860），江户末期政治家。1860年3月在樱田门外被水户藩浪士暗杀，史称"樱田门之变"。生麦是横滨近郊地名，1862年8月，萨摩藩主岛津久光的仪仗队在生麦被英国人扰乱，萨摩藩兵打伤三名英国人，由此引发了萨摩藩和英国的战争。

饭馆，就趁机把媒婆打发了，自己和阿玉一起共度良辰。媒婆这样一说，那这想法就泡汤了。如果阿玉的父亲一同前来，难免会指指点点，所以场面得更加隆重才行。末造本来就打算办得庄重，这是因为他马上就要实现自己多年前一直压抑着的愿望了，而且这仅仅是一个开始。带着开始的兴奋，单独言欢才是他们新生活的第一要务。但是，如果她父亲到场，隆重排场的性质就完全变味了。

媒婆说父女两人都踏实稳重，刚开始听说要去当妾，便异口同声地拒绝了。之后的一天，媒婆把阿玉叫出去，说："你父亲已经快干不了了，你不想让他停下来享点清福？"就这样规劝了很久，姑娘终于改变了主意，老父亲听了也无奈地点了头。末造听了，想到就要把善良温顺的阿玉得到手了，心里窃喜不已。可是，踏实稳重的父女两人一起赴约，这第一次见面岂不成了拜见岳父大人？隆重的排场白白准备了。末造本来兴奋的脑袋，突然被浇了一盆冷水。

不过，末造转念又想，他一直以体面的实业家自居，这次肯定不能丢了这个面子。他乐意向别人显示自己的慷慨，最终答应给父女两人都置办新衣。其实，只要把阿玉弄到手，她那个老父亲就不能丢下不管，现在只是把以后要做的事，提前做一下而已。这样想后，末造便拿定了主意。

按照常规，末造该当面给姑娘家一笔整钱，讲明这是裁剪新衣的费用，一共多少，但他没有这么做。末造一向讲究穿戴，他就专门去了一家裁缝铺，向裁缝说明白，定下了两身衣料，尺寸则让媒婆问过阿玉。可怜的是，善解人意的阿玉父女两人，对末造这种小气吝啬的做法，丝毫没有看破。他们还以为，末造不直接给钱是出于对自己的敬重呢。

七

上野大街很少失火，我不记得松源饭馆发生过火灾，所以这家饭馆应该还在，说不准那里的会客间还保留着。末造预订了一个安静的小雅间，他这天从南门进来，沿着走廊直走了几步，便被引入左手边的一个有六个席位的房间里。

一位身穿印有商号名短褂的侍者，正在这个雅间内把柿漆纸做的遮光帘卷起来。"太阳落山前，总会有余晖照到这里。"带领末造进房的女侍者解释了一句，便退出房去。房间壁龛处挂着一幅浮世绘，分辨不出是真迹还是赝品，一枝栀子花插在细细的花瓶中。末造背对着壁龛坐下，目光警觉地看了下四周。

这个雅间和二楼的不同，同样面对不忍池，为了避免池边的游人朝这里张望，门上挡上竹帘。多年后，池边一带沧桑巨变，先是改建成了赛马场，又变成了自行车场地赛场，真是大煞风景。且说在竹帘和饭馆之间，只有一条像带子一样的狭长路面，肯定也就没法修建庭院了。末造所坐的地方，能看到两三棵聚在一起生长的梧桐树，树干部分如同被油抹布擦拭过。他还看到了一盏春日的灯笼，除此之外就只有几棵散落的扁柏了。夕阳又照了片刻，上野大街上，往来行人的脚下便都升起了白色的尘土。但在竹篱笆墙里，被洒了水的青苔仍然显得分外的碧绿。

过了一会儿，女侍者送来了蚊香和茶水，并请末造点菜。末造抽着烟，让她先退下，说等人到齐后再点。他刚坐下时，觉得房间内似乎有点热，但没过多长时间，风从长廊吹了进来，其中还夹杂着厨房和厕所的气味。女侍者为他准备的那把脏兮兮的团扇，现在也没必要用了。

末造倚在壁龛柱旁，嘴里吐着烟圈，脑中又开始了胡思乱想。当初他在窄巷里看见阿玉，便觉得她可爱漂亮，但那时她毕竟还是个小姑娘，现在长成什么样了呢？来见面相亲，又会是什么装扮呢？她父亲非要一同前来，实在是太扫兴了，得想办法把老头子早点打发回家才行。

这时二楼有人在试弹三弦，长廊里也有了两三个人的走动声，女侍者进来通报："您的客人到了。"廊上传来了说话声，像是纺织娘在叫："哎呀，快进去吧。老爷是位开明人，不要拘束啊。"这正是媒婆的说话声。

末造赶紧站起身，来到廊下。在门的拐角处，老父亲正哈着腰，手足无措。阿玉跟在他后面，反而没有怯意，正用好奇的目光环顾四周。末造贪婪地盯着阿玉，感觉非常称心如意。小姑娘还是那样可爱，不知何时已经长成了瓜子脸，脸蛋鼓鼓的，身材也比印象中更加苗条秀丽。她梳的银杏叶发髻清爽靓丽，不像许多女人浓妆艳抹之后才肯来赴约，她几乎没有特意打扮。阿玉现在的模样大大出乎末造的想象，真是越来越漂亮了。阿玉本来是抱着牺牲自己的态度来相亲的，既然要卖身养父，那买主是谁也就不在乎了。但等她见到末造，看眼前的这个人皮肤有点黑，双目炯炯有神，衣装雅致毫不浮夸，样子倒有点讨喜。阿玉像是捡回来一条命一样，瞬间觉得有了些许满足。

末造殷勤地给老人打招呼："您老请来这边。"他手指客席，又看向阿玉，说道："请吧。"等他们进了房间，末造把媒婆拉到一边，塞给她一纸包，小声说了几句话。媒婆笑得露出了自己的脏牙，那上面染的铁浆[17]斑驳剥落，眼神既像敬重又似蔑视，她一边不住地鞠躬，一边告辞走了。

末造回到房间，见父女两人还窘迫地站在那里，便忙亲切地请他们坐下，叫来女侍者点菜。片刻工夫，酒和小菜便端上来了。末造先向老父亲敬了酒，他从老爷子的言谈举止中看出他以前也过过富足的生活，并不像那些换身好衣服第一次来饭店赴宴的人。

末造之前嫌弃老父亲在场，心里觉得扫兴便很不耐烦。可是时间一长，他就渐渐放松了心情，然后沉稳地聊起天来。他心里窃喜，小心翼翼地把自己的良善一面全都表现出来，想趁这个绝好机会让温顺的阿玉能相信自己。

饭菜端上桌时，在座的三个人居然有点儿像一家人外出游玩、途中在饭馆吃饭的样子。末造平日里对自己的老婆孩子像个暴君，惹得阿常有时反抗，有时屈从。女侍者走了后，末造盯着阿玉看，见她羞红着脸，嘴角露着谦恭的笑容，不时地为

---

[17] 旧时日本妇女流行用醋泡过铁片的黑浆把牙齿染黑。

两人倒酒。此情此景,末造感到一种从未有过的心旷神怡。但末造只是对此时此地这一幸福泡影一时间有所触动,他思维还是不够缜密,不会去反省自己的家庭生活为什么没有这种气氛;他也不可能去思考,要长久拥有这种幸福的情感,需要自己怎样去做,而自己能否一直做到。

这时墙外传来"嗒嗒"的梆子声,接着有人喊道:"老爷赏脸,点一出折子戏吧!"二楼的三弦停了下来,女侍者手扶栏杆,说着什么。下面人应道:"好的,那就成田屋[18]的《河内山》和音羽屋[19]的《直侍》吧,先来《河内山》!"接着用假嗓开始试唱起来。

女侍者进房来替换酒壶,说:"哎呀,今晚来的肯定是真的呢。"

末造不明所以:"这还有真的假的?"

"这段时间总有大学生也出来演戏。"

"他们也带锣鼓什么的?"

"是啊,装扮看不出区别来,但一听声音就分出来啦。"

"哦,这么说是固定的人了?"

"是啊,其实他们中只有一个人会唱。"女侍者笑了。

"大姐,那么说你认识他吧。"

"当然啦,他经常到这儿来嘛。"

---

[18] 成田屋是日本著名艺伎市川团十郎的屋号。
[19] 音羽屋是日本著名艺伎尾上菊五郎的屋号。

老爷子在一旁插话道:"学生当中也有灵巧人的。"

女侍者没有吭声。

末造意味深长地笑道:"这种学生,在学校也是不好好念书的。"说到这里,他想起了那些在自己家进进出出的学生,有的喜欢装成手艺人,说些下三烂的嘲讽话,平日的言行都像做工的。不过末造没想到,居然还有出来卖唱的正经大学生。

阿玉一直默默地听他们说话。末造看她一眼,问道:"你喜欢听哪个角儿?"

"我没有喜欢的。"

老父亲插话:"阿玉还没看过戏。柳盛座戏园离家那么近,邻里女孩们都去看,只有她不去。那些爱看戏的女孩,一听到锣鼓响,就在家里坐不住了。"

老父亲不由得夸赞起自己的女儿来了。

八

事情谈好之后,阿玉就打算搬到无缘坡来。

末造原本以为搬次家非常简单,没料想还真是个麻烦事。事情是这样的,阿玉想把父亲尽量安置到家的附近,自己好经常去照顾。她本打算把自己的月例钱拿出一大半给父亲,帮他找个女仆,好让花甲之年的老父亲生活方便些。但要是雇人,那就不能让父亲住在西鸟越的车铺隔壁那间破房子里。反正都要搬家,索性让父亲住得离自己近些。好比相亲那一天,本计划只让女儿来约会的，老父亲却跟着一起来了。同样，末造本以为把住宅收拾好，接来阿玉就大功告成了，没承想得安排父女两人搬家才行。

阿玉当时表示，给老父亲搬家是自己的主意，不应该麻烦他。可是末造既然已经知道了这件事，就不能置身事外了。还有相完亲后，末造对阿玉非常满意，也就乐意显示自己的慷慨。于是，他帮阿玉搬到了无缘坡，同时也帮老爷子搬到了之前看过的池边那座房子里。末造插手了这件事后，阿玉说要靠自己的月例钱支付父亲的房租。末造知道她这样做后手头肯定就剩不了几个钱，自己就不能听之任之。这个时候花钱的地方很多，末造都满不在乎地自掏腰包付了款，把媒婆都惊呆了好几次。

等两边都搬完了家，时间已经来到了七月中旬。阿玉的言行中都透着纯真少女的味道，让末造沉迷不已。末造以放贷谋利，因此他把天性中所有苛刻的成分都发挥得淋漓尽致。可是他对阿玉却无比温柔，每天晚上都到无缘坡来讨好阿玉。俗话说"英雄难过美人关"，末造就很好地为这句话做了注解。

末造从不在这里过夜，但几乎每晚都过来。经媒婆介绍，末造又雇了一个名叫阿梅的十二岁女孩，在厨房里像小孩过家家似的做一些杂活。渐渐地，阿玉开始觉得无聊，便盼着傍晚丈夫能来。当她察觉到自己的心思，不由得自嘲起来。在西鸟越时，父亲出门摆摊，自己也是一个人在家，做点零活赚钱。她努力做活，心想多赚钱可以让父亲吃上一惊。这样，她虽然和街坊女孩们没什么来往，但也不觉得没意思。现在，她不再需要辛苦做工了，却感到日子了无生趣起来。

阿玉白天郁闷，傍晚丈夫过来安慰一番，也就又好了。但是老父亲搬到池边后，不再像以前那样为生计奔波，突然变得清闲，就立刻茫然无措了。他想起之前的夜晚，在油灯下父女两人有拉不完的家常，那样的时光如同美梦一般，让他无比怀念。老爷子一心想着阿玉能来看望他，但过了许多日子，阿玉都没有来。

搬家后的前两天，老爷子哪里都觉得新鲜，心里非常高兴。他只让那位从乡下雇来的女仆打水做饭，自己却亲自拾掇房屋，缺的东西让女仆到仲町去买。日暮时分，女仆在厨房做饭，他给窗外的金松浇完水，就吸着烟远望房门之外。上野山上乌鸦叫声不断，池中岛上辩才天女神社的树林里，还有莲荷开放的不忍池中，暮霭慢慢地弥漫开来。老爷子觉得这一切都恍如梦中，惬意无比。可是，从这时起，他就感到些许失落——女儿阿玉不在身边。从婴儿时起，她就由自己一手带大，几乎不用语言，彼此便能心领神会；无论何时，阿玉都对自己体贴入微；每次回家，阿玉都在门口望着自己……

老爷子坐在窗边，眺望着不忍池，路上到处是匆匆的行人。条大鲤鱼突然从池中跃出；一个刚走过去的西洋女人，帽子上插满了鸟的羽毛。每当看到新奇的东西，他就想叫："阿玉，快来看！"可是女儿不在这里，他感到了些许惆怅。

三四天后，老爷子开始烦躁起来，在身边做事的女仆，他都觉得碍眼。他已几十年没使用过仆人了，再加上本性柔顺，也就不会斥责别人。只是这个女仆做事样样应付，让他心里很不痛快。其实，他总拿女仆跟温柔娴雅的女儿阿玉做对比，这就有点强人所难了。第四天的早上，女仆来服侍他吃饭，大拇指伸到了碗里，老爷子终于忍无可忍："你去一边吧，不用你侍候了。"

吃过早饭，老爷子看着窗外，天色阴沉，但也不像是下雨的前兆，气温凉爽了些，身体感觉舒服了许多。他想外出散心，于是走出了家门，但又怕阿玉在自己不在家时来看望，就不时地回头望向家门，也就只在池边转悠。在茅町和七轩町之间有条路，直通向无缘坡，老爷子悠然漫步，片刻便走上了小桥。他想，自己为什么不去女儿那里看看呢？可不知为什么，他又有了顾虑，自己也感到奇怪，为什么就这样生分了呢？如果是母亲，不管怎样也不会有隔阂，但自己……真是莫名其妙！这样想着，老爷子没有过桥去，还是沿着池边散步。他忽然想起来，末造家应该就在沟的对面，那位牵线的媒婆曾经在他的新居窗口指给他过。他走到那里，见那座房子非常气派，高大的院墙，斜插着一圈尖竹。他家的隔壁，据说是一位名叫福地的著名学者，房子虽大，但非常旧，和末造家的大气华丽没法比。老爷子站立半天，远远望着宅院，白木的后门紧闭着。他并不想进去看，此时一种空虚感隐隐约约地袭上心头，一时怅然若失。他此时此刻的感受，只能是一个被迫让爱女做妾、因此失魂落魄的老父亲才会有的吧。

过了一个星期，女儿还没来看望。老爷子对女儿的思念与日俱增，但只能深藏心底，有时也不免生疑：一定是她过上了好日子，把我这个老父亲给忘了！这种疑虑很轻，好像是他在心里故意为之，只为消磨时光。怀疑虽在，但他并不认为女儿可恨。就像跟自己赌气一样，他心里念叨：女儿干脆真变得可恨，那也就好了。

不过，几天后老爷子又有了新想法：总待在家中，容易瞎想，不如外出吧。倘若女儿来了没见到自己，一定会烦恼的。即使她不烦恼，难得来一趟，还白费了工夫，也让她尝尝这种滋味才好。这样一想，他就开门走出去了。

来到上野公园，他找了一个阴凉处的长凳坐下来歇息，一边看着带篷人力车在公园里穿来穿去，一边想象着女儿来访人却不在时的那种惊慌失措样。"活该！"他试探着让自己这么想。

这段时间，晚上他也出门去吹拔亭，或是听圆朝说书，或是听驹之助说唱。即使在说书场，他依然在想出门后恰好女儿进家的情景。这时，他突然又想到，殊不知女儿现在已经到这里来了呢。于是，他开始盯着那些梳着银杏叶发髻的年轻姑娘寻找。有一回幕间休息时，他看见有个姑娘也梳了一个跟女儿一模一样的银杏叶发髻，那一瞬间真以为是自己的阿玉。那个姑娘和一个身穿和服单衣的男人从身边走过，那个男人戴着一顶当时非常少有的巴拿马草帽，帽檐低到了眼眉处。他们走上了老爷子身后的二楼，扶着栏杆看下面的客人。老爷子仔细看了看那个姑娘，她不如阿玉个子高，脸比阿玉要圆，而且，戴巴拿马草帽的男人不只带着一个姑娘，身后还有三个梳岛田髻、桃瓣髻的女人，一看就是艺伎或还在学习的雏伎。老爷子身旁一个大学生说道："哎呀，先生您来了。"散场后，只见一个女子提盏长柄灯笼走在前面，上写着"吹拔亭"三个大字，艺伎们都前呼后拥着这个戴巴拿马草帽的男人出去了。老爷子与他们顺路，时而在前，时而落后，直到都回到了各自家里。

九

阿玉从小就没离开过父亲，这些日子她一直在想，父亲在那里过得怎么样。可是末造每天都会来，如果自己外出不在，他会不会很不高兴呢？因为担心这个，所以她这些天一直都没有去看望父亲，虽然她非常想去。丈夫不会留在这儿睡觉过夜，最晚也就待到晚上十一点钟就回家了。有时他会说"今天去外边有事，过来只看你一眼"，就坐到火盆的对面，吸上一支烟就离开了。虽然是这样，但阿玉不知道他哪一天肯定不来这里，所以不能下定决心出行。她白天出门一时半刻其实也没有关系，但家中剩下阿梅这个孩子，她又着实放不下心。另外，阿玉不想让附近的人看到自己，所以也不愿意白天出去。刚开始住进来时，就连去无缘坡下面的澡堂，她都先派阿梅去看看有没有人，然后自己再悄悄地过去。

即使平时没什么事情，阿玉也是处处小心翼翼。搬来后的第三天，就发生了一件让她非常难受的事。原本她搬来的当天，附近的蔬菜店、鱼虾店带着账本就都过来套近乎拉客，都说好日后上门送货。可是第三天时鱼虾店没来送鱼，阿玉就让阿梅到坡下去随便买点鱼块之类的。阿玉并没有每天吃鱼的习惯，她的父亲不喝酒，对饭菜也没什么特别要求，所以阿玉可以随便做点菜就能吃一顿饭。但之前的住户曾被邻里议论过，说这家太穷，多少天也不见一点荤腥。阿玉不愿意再让阿梅跟着受委屈，而且这样也对不起如此照顾自己的丈夫，所以她特意让阿梅去无缘坡下买鱼。

过了没一会儿，阿梅却哭着回来了。阿玉连忙问她怎么回事。原来，阿梅找的是一家新鱼虾店，不是之前答应给她们送货的那一家。鱼虾店的老板不在店内，只有老板娘在，很有可能是老板刚从河边进货回来，卸完就去给自己的老客户送货去了。店里有很多鲜鱼，阿梅看上了一堆小的竹荚鱼，便询问价格。老板娘问她："这个小女孩之前没见过啊，你在哪一家干活？"阿梅便说了自己在谁家。老板娘立刻拉下脸来，说："哎哟，他家呀？那不好意思，你还是走吧。回去就说，我家的鱼不卖给放高利贷的小老婆！"说完，老板娘就转过去只管吸烟，不再搭理阿梅了。阿梅非常生气，也就没心思去别处了，哭着一口气跑回了家。她见到阿玉，可怜兮兮地把老板娘的话抽泣着说了一遍。

听完阿梅的诉说，阿玉气得嘴唇发白，半天没有说话。涉世未深的她百感交集，脑子里一团乱麻。这团纷乱的思绪对这个出卖了心的纯洁少女来说压力过于重大，让她备感无能为力。仿佛她全身的血都流回了心脏，脸色苍白，背后发冷。这时，也许别人会觉得这算不了什么大事，但阿玉想到的是，阿梅怕是会因为这件事不肯再留在这里了。

阿梅直勾勾地盯着阿玉，见对方脸色非常难看，心想她一定非常伤心，至于为什么伤心，她就理解不了了。阿梅忽然想起来，自己只顾跑回来，还没有菜做午饭呢，这样可不行。阿玉之前给的买鱼钱，还藏在自己的腰带里呢。"那个老板娘真是讨厌，我才不稀罕买她家的鱼呢！再往前走，在那个小五谷神社附近还有一家鱼虾店，我这就去买。"说完，阿梅用宽慰的眼光看了看阿玉，便站起身来。阿玉见这个小女仆这样护着自己，心里瞬间感到一丝欣慰，不禁笑着点了一下头。阿梅立刻又快步跑出去了。

阿玉呆呆地站在原地，情绪是缓和了一些，但眼泪却不争气地涌了出来。她从兜里掏出手帕来擦擦，心中好像有一个声音在说"我恨啊，我恨"，这是那团乱麻发出的声音。当然，这并不是因为鱼虾店不肯卖给自己鱼而心生怨恨，也不是因为对方嘲笑自己的身份而感到悲伤；这不是因为得知自己的丈夫竟然是放高利贷的而悔恨，也不是因为自己嫁给这种男人而感到悲伤。阿玉曾经听人说过，放高利贷的人都既可憎又可怕，到哪里都令人厌恶。当初她的父亲只向当铺借过钱，但刚说出借钱的金额就被当铺掌柜冷言拒绝了。即使这样，父亲也只说句"太难办了"，并没有怨恨掌柜不讲人情。所以，就如同小孩子怕鬼和怕警察，阿玉虽然也听说过放高利贷者的坏话，却没有切身的感受。那她到底要恨什么呢？

阿玉所有的"恼恨"里，恨世恨人的意味都很淡薄。如果非要说怨恨什么，大概是恨自己的命运吧。明明自己什么坏事都没做过，却要受人迫害，让自己陷入苦痛之中。她的恨，指的就是这种苦痛。被那个巡警始乱终弃时，阿玉第一次感到恼恨。再就是前些日子，当她知道自己要给人做妾时，再次体会到恼恨。现在，她知道自己不仅是小妾，而且还是人人厌恶的放高利贷者的小妾。她心中的"恼恨"原本被这段时光啃噬殆尽，陷入"认命"之中不能自拔。现在，这种"恼恨"又恢复了原来的样貌，在阿玉的意识之中浮现。阿玉胸中前所未有的憋闷，若一定要厘清那团乱麻，大致就是如此。

过了好一会儿，阿玉才起身打开了橱柜，从仿象皮提包里拿出一条白围裙系在腰上，长叹一口气，走进了厨房。她还有一条绸缎围裙，那是在庄重场合才围的，不是在厨房用的。哪怕是穿着和服单衣，阿玉也不喜欢把衣领弄脏，只要是鬓角和发髻能沾到的地方，她都会垫上手帕。

这时，阿玉心情已经平静了许多。"认命"是她最丰富的心理经验。她已经习惯成自然，心理一旦向"认命"倾斜，就像机器上了机油一般转动顺畅起来。

十

每天夜里，末造都会走进门来，坐在火盆对面。从第一天开始，每当末造进来，阿玉都拿来坐垫放在火盆对面。末造便盘腿而坐，抽着烟聊些闲天。阿玉坐在自己平常坐的位置，双手仿佛无处安放，一会儿摸摸火盆，一会儿拿起火筷子，低声细语地说上一两句。看阿玉的情形，假如把她拖离火盆边上，她似乎都不知道该待在哪里。也许火盆成了她对付敌人的堡垒，只有在它附近，她才能感到心情平静一些。聊上片刻后，阿玉有的时候会突然兴致大发，滔滔不绝地说很多话。说的大多是之前和父亲一起生活时的喜怒哀乐。这时与其说末造在听她说什么内容，不如说他在听自己的笼中鸟儿的歌唱。听着悦耳的声音，末造不禁面露微笑。阿玉会突然觉得自己说得太多了，就会连忙止住，脸变得羞红，又恢复成寡言少语的样子。她的言谈举止总是透着一种天真无邪。末造向来善于察言观色，眼光独到，他眼中的阿玉，就像一汪无比清澈的水，毫无污秽，一眼到底。对末造来说，和阿玉在一起对坐的时光，就像干完重活之后泡进了舒服的澡水里，身心舒适惬意极了。末造还是第一次体会到这种感觉。自从有了这个家，他就像一头被人圈养起来的猛兽，自然而然地接受了驯服。

三四天后，末造仍旧在火盆的对面盘腿坐下，他突然觉得阿玉今晚有点反常，一副有心事的样子，明明没什么事却还忙来忙去。类似羞涩地避开目光或答话扭扭捏捏，平常都很常见。不过这时的模样，却似乎有特别的原因。

"喂，你在想什么呢？"末造一边整理着烟斗，一边问道。

阿玉正把火盆的抽屉拉开来。那里刚刚已经整理过，她没什么可收拾的，眼神却没有离开那里。听到丈夫的问话，她答道：

"没想什么。"两只大眼转向他。这双眼睛还不像知道了往日秘密，更不像能隐藏什么大秘密。

末造皱起的眉头又很快放松了，说道："你怎么会没想什么？脸上明明写着'好难啊，怎么办啊，怎么办'。"

阿玉的脸立刻红透了。她沉默了一会儿，思考如何解释，大脑思想的机器运作声清晰可闻。"哦，我的父亲那里，我早就想过去看看了，总是想着，可这么久了……"

思想的运转固然有迹可循，但它的产品却不一定能猜到。小虫要避开天敌，所以学会了伪装，女人天生就会撒谎。

末造面露笑容，语气却带有一丝责备："怎么了，老人家都搬到池边了，就在眼前，你还没去看望过？相比一下对面岩崎府宅的宽阔，去看望你父亲不就像在自家院子里转转一样吗？即使现在去也没问题啊。嗯，那你就明早去看看吧。"

阿玉正拿着火筷子拨着炉灰，偷瞄了末造一眼，又说："可是，我总想着……"

"别说傻话了。这点小事算什么吗？真是个小孩子。"末造的声音变得温和了许多。

事情就这样定了下来。末造临走时说："如果你担心路上有麻烦，那我明天早上过来，陪你走上一段。"

这些天阿玉一直在思前想后。见到丈夫后，瞧他温和体贴，周到可靠，不禁想这样一个好人，怎么会做那种可恶的生意呢？真是奇怪！她甚至突发奇想：要不要劝劝他，让他改做一些正经生意呢？不过，阿玉对于末造这个人倒丝毫不讨厌。

末造隐约察觉出阿玉心里有什么隐私瞒着自己，他试探了一下，心想不过是些孩子气的想法，没什么大不了的事。但十一点过后，末造离开这里走过无缘坡时，又依然怀疑她隐藏着什么心事。阿玉根本逃不过末造经验老到的目光。末造甚至猜到，很可能是什么人跟阿玉讲了什么，让她心里不安了。可是，到底是什么人，说了什么话，末造还是不知道的。

十一

次日一早，阿玉就迫不及待地来到池边的父亲家。当时父亲刚吃完早饭。阿玉来时不想过多装扮，心里想着是不是有点儿早，但还是急匆匆地赶了过来。老人习惯早起，已经把门口扫干净了，还洒了水，然后把手脚洗干净，像平常一样坐到新席上默默地吃早饭。

与此相隔两三间房子的地方新开了一家酒馆，傍晚时总会有些吵闹。不过邻里到时都会把格子门紧闭上，特别是清晨时，四周非常清静。从窗台向外望，金松的枝叶间有柳枝伴着清风拂动；公园池里的莲叶密密麻麻，碧绿中散落着点点的淡红，那就是今早刚开的莲花了。他搬家时还在考虑，房子朝北是不是会冷？可是在夏季，这好处真是求之不得啊。

自从懂事后，阿玉就常想，如果有一天自己过上了好生活，一定要满足父亲的各种要求。这时，她眼看着父亲住进了好房子，觉得此生的愿望终于实现了，心情不禁变得非常高兴。但这高兴中也夹杂着一丝苦涩。如果没有这种感觉，那今早对父亲的看望该有多兴奋啊！阿玉彻底体会到世事真是不能尽如人意，心头不由得掠过一阵郁闷。

老爷子吃完饭，端茶刚要品时，忽然听到大门被推开的声响。他吃了一惊，自从搬家到此地，还没有人上门拜访过。他放下茶碗，望向门口。阿玉的熟悉身影还挡在双扇苇的屏风后面，"爹爹"的叫声早已传入耳中。老爷子几乎就要站起来去迎接了，但赶忙按下心情，坐着不动。他思想飞速运转，该说什么呢？说一句"你还没忘记有个爹啊"？可是，看见女儿急匆匆跑来，又上前亲热，这句话怎么能说出口呢？老爷子自己生闷气，无声地看着女儿。

唉，多漂亮的女儿啊！阿玉是他今生最大的骄傲，就算日子再苦，他也舍不得让女儿出外干粗活，并尽力把她打扮得美丽动人。虽然只有十天没见面，但女儿就像变了个人似的焕然一新。以前无论多忙，女儿都把自己弄得干净整洁，好像生性如此，但今天她却有意装饰了自己。记忆中的女儿，还只是一块未经打磨的璞玉。就算父亲看自己的孩子，老人看年轻人，美人终归还是美人。美能让人心境平和，在美的魅力下，哪怕是父亲是老人，内心也不得不屈服。

老爷子故作一声不吭，拉起脸来，但这太难为人了，他的脸色不由自主地舒展起来。阿玉换了新环境，尽管从不曾和父亲分离这么长时间，心里充满想念，但她寄人篱下身不由己，居然十天没和父亲见面。她有千言万语，一时却说不出口，只顾兴奋地望着父亲。

"盘子可以收起来了吗？"女仆从厨房探出头，操着浓重的乡音低声问了一句。阿玉没有听懂，不知她的意思。女仆的头发随意用梳子盘着，小头却有一张大脸，看着很不协调，表情毫不客气，呆呆地看着阿玉。

"快收吧，再泡壶茶。泡柜里绿茶。"说完，老爷子向前推了推盘子。女仆撤了端进厨房。

"哎呀，不用给我喝那么好的茶。"

"不要说傻话，这儿还有点心呢。"老爷子站起身，从橱柜里拿出一个白铁罐，把蛋脆饼放到点心盘里。"这是在宝丹后面的店里做的。这一带非常方便，旁边街上还有如燕居的海鲜甜酱呢。"

"嗯，记得那次我们去柳原听书，如燕居老板形容什么东西好吃，说：'那味道，就像俺小店里的海鲜甜酱！'把大家都逗笑了。那位老爷爷长得真胖，走台上马上扑通一声坐下了，太好笑了。爹爹也能那么胖就好了。"

"像如燕居老板那么胖，那怎么得了。"老爷子把点心放在女儿手里。不大一会儿，女仆端上茶来了。父女俩好像回到了从前，开始聊起了闲话。忽然，老爷子像是想起什么，难为情地问道："你那边怎么样？……老爷有时会来？"

"嗯。"阿玉答应着，不知该如何说才好。丈夫不是有时会来，而是每晚都来。假如自己是明媒正娶，父亲问夫妻感情如何，就可以高兴作答"很好的，放心吧"。可自己这样的身份，如果回答"他每晚都来",总觉得心中不知是甘是苦,不好开口。

阿玉想了想,说:"嗯,还不错。爹爹,您不用担心。"

"那就好啊。"老爷子嘴上虽这么说,但总觉得这个回答不太满意。似乎一问一答都在敷衍。从前,父女俩之间没有什么秘密可言,任何事都开诚布公。可是现在,尽管他们并不想这样,却像是都有了各自的隐私,说话间显出一丝客气的气氛。以前招了个骗子女婿,虽说在街坊面前丢了人,但他们都觉得错在别人,闲聊起来也毫无顾虑。可现在不一样了,父女两人都下决心把生活改变了,变得衣食不愁了,彼此的亲密无间却貌似消失了,他们都感觉出几分悲凉来。

过了片刻,父亲很想让女儿回答得详细些,于是换个方法提问:"你认为,你丈夫是个怎样的人呢?"

"这个……"阿玉侧了一下头,思考了一下,像是自言自语,"我觉得他不像是个坏人。虽然日子才几天,但他从没对我说过粗暴话。"

"哼!"老爷子不太满意,"当然不可能是坏人了!"

面对父亲,阿玉突然一阵剧烈心跳。今天本打算跟父亲说一说那件事,如果真要说出来,这时正是一个难得的机会,但是……父亲好不容易过上好日子,平稳就好,怎么忍心给他添加烦恼呢?自己本就是这种见不得人的身份,不能公开示人,如今在这个秘密基础之上,又添加了一个。今天本想将后一个秘密带来让父亲分析一下,但仔细想想还是不要打开这个盖子,原封带回吧。这样,阿玉在紧要关头当机立断,决心把自己的痛苦和秘密继续藏在心里，赶忙岔开了话题。

"他白手起家，做了很多事。所以我有些担心，不知道他性格如何。嗯……怎么说呢？可以说是很有大丈夫气概吧。当然，他本性是不是这样，就很难说了。我个人觉得，他好像是故意装成这样给我们看的。可是，爹爹，即使他是装的，也难能可贵了，是吧？"

阿玉说完仰头看着父亲的脸。女人就是这样，无论怎么诚实，如果她想隐藏起心事，改说别的，都会让男人觉得自然而然。而且在这种情形下，如果她还能把话说这么多，那可以说她已经在女人中算非常诚实的了。

"哦，可能如此。但说这些话，好像你不怎么信任他啊。"

阿玉莞尔一笑，说："我以后一定要越来越能干，再也不上当受骗了。有勇气吧？"

一向柔顺的女儿如此罕见地在自己面前露出了锋芒，父亲脸上不无忧虑："嗯，我这一生总在上当受骗。可比起骗人，被骗的总会心安一些。无论做什么生意，都不能亏欠客户，对自己的恩人也要心存感激。"

"爹爹您放心。您不是常说'玉儿为人老实'吗？我的确老实呀。最近我思考了许多，只有上当受骗这种事，我再也不想承受了。我不撒谎骗人，但也不想被人骗。"

"你这么说，是不相信他了？"

"对。他把我当成一个小孩子。他确实精明能干，也难怪这样认为。但以后我不会像他想的那样，只是一个小孩子。"

"怎么回事啊？莫非他说的话有什么不实之处，被你发现了？"

"有啊。媒婆三番五次说他的太太丢下孩子过世了，所以跟了这位老爷，即使不是正娶，也和正妻一样。只是顾及脸面，不方便把小户之女光明正大地娶过来。其实，他的老婆活得好着呢。他自己亲口说的，一点都不在乎。当时吓了我一大跳。"

父亲瞪大双眼："有这种事？媒婆的嘴果然不可靠。"

"所以说，养我的事他一定瞒着老婆。既然能跟他老婆撒谎，就不可能只跟我说实话。我怎么不得留个心眼儿呢？"

父亲呆望着忽然有了心机的女儿，连烟灰都忘了磕。这时，女儿像是想起什么来，说："今天我就先回去了，爹爹。这样来上一次，就没什么可怕的了，以后我会天天来看您。其实之前我觉得，他没让我来，来就不太好，我就忍到了今天。昨夜我终于跟他说了，今早我就来啦。那边的女仆是个小孩，如果不回去，她一个人连午饭都做不好。"

"你既然跟他说过了，就在这里吃了午饭再回吧。"

"不了，爹爹，不要太在意，我会很快就再来的。我走了。"

阿玉站起身来，女仆忙跑来帮她摆好鞋子。即使性格并不机灵，但女人遇见女人时，都不免仔细观察一番。有一位哲学家说得好，即使在街上擦肩而过，女人之间互相打量的目光，也是把对方当成竞争对手。就算一个将大拇指伸进碗里的乡下女人，看来也对美貌的阿玉非常留心，肯定在后边偷听了。

"那就下次再来吧。问你丈夫好。"父亲坐着说道。

阿玉从黑缎腰带里拿出钱包，掏出几张纸币递给了女仆，然后穿上木屐，走出门去。

阿玉进门来时，本想把父亲当成自己的依靠，向他诉说胸中的苦痛，然后哀叹自己的苦命。可是出了门后，阿玉居然神清气爽，连自己都莫名其妙。父亲好不容易过上了安稳的好日子，怎么忍心给他平添烦恼呢？她倒想让父亲看到自己的坚强能干。于是，她努力表现成那样，不由自主地唤醒了沉睡在心底的某种意识。以前只能依附别人，从没想过如今自己也能独立起来。走过不忍池边，阿玉不禁满面春风。

灿烂的阳光已经布满了上野山，将中岛的辩才天女神社渲染得一片通红。阿玉没有把随身带的小洋伞撑开，就这样一路走着。

十二

这一天夜里，末造从无缘坡回到自己的家，阿常已经把孩子们都哄睡下，自己还没有睡。一般情况下，孩子睡着后，当妈的也会一起躺下，可是今晚她却一直低头坐着。末造钻进了蚊帐，她明明看见了，却没有搭理他。

末造睡在最里边，与墙稍微隔开了一点。他的枕边放有坐垫、烟具和茶具。末造坐在垫上抽烟，柔声问道：

"有什么事吗？为什么还不睡？"

阿常一声不吭。

末造不想再对她让步了,自己打破僵局,对方不响应,那就算了。他故意悠闲地抽起烟来。

"您今晚到哪里去了?"阿常突然抬起头来,死盯着他。家里有了仆人之后,她说的话也逐渐开始讲究起来,但在他俩单独相处时,还是像原来那样粗鲁,这一次也就只保留了尊称"您"。

末造目光一动,看了老婆一眼,默不作声。虽然他知道阿常一定知道了什么,但还不清楚她到底知道些什么,所以就故作沉默。末造不是那种心浮气躁、把心思表现在言谈举止上的人。

"我什么都知道啦!"阿常厉声叫道,一种伤心欲绝的声调。

"别胡说八道,什么你知道啦?"末造故作震惊,一种意外又温和关怀的语调。

"您也太过分了!还在这儿拿腔作调!"丈夫强装镇定的样子,大大地刺激了阿常。她开始抽泣起来,还用袖子擦起了眼泪。

"这算怎么回事啊,嗯?你说的话,我怎么毫无头绪呢。"

"您竟然这么说!那好,您告诉我,今晚您到哪里去了?干出这种事,还骗我说去应酬了,您就是在外面养小老婆了!"阿常涨红了脸,泪水顺着塌鼻梁的两边流下来,发髻也松松垮垮的,其中有一缕还贴在了脸上,两只小眼拼命地盯着末造的脸。阿常凑到他身边来,突然一把揪住了捏着半根金天狗牌香烟的手。

"放开啦!"末造猛地挥手甩开,然后捻灭了掉落席上的香烟。

阿常抽泣起来,又揪住了末造的手。"您怎么可以这样?赚了钱只顾自己讲排场。连一件新衣服都舍不得给自己老婆买,光让我天天在家照顾孩子。您却到处春风得意,现在居然还敢娶小老婆啦!"

"跟你说了,够啦!"末造又一次把阿常甩开,"你不怕把孩子吵醒,仆人听见啊!"他咬紧牙根说道。

这时最小的那个孩子正好翻了个身,嘟囔了一句梦话,阿常也不禁低声说道:"我可怎么办呀?"说完把脸埋到了末造身上,呜呜地哭了起来。

"不必怎么办。你这人太老实了,才会被人利用。什么小老婆啊小妾的,是哪个人说给你听的?"末造一边看着老婆那抖动着、已经走了形的圆发髻一边暗想:这个丑女人,怎么会梳这么个发型,跟自己一点都不般配!末造感到她发髻的抖动渐渐变缓,而胸前那一对曾让每个孩子都吃饱的大乳房,像个怀炉一样压到了自己的心口位置。于是,末造再问了一遍:"哪个人说的?"

"哪个人说的都没关系,因为是实话。"乳房压得更紧了。

"因为这不是实话,所以肯定有关系。你告诉我,是谁说的?"

"说了也不怕你,就是鱼金的老板娘告诉我的。"

"什么啊?嘴里像嚼着萝卜似的,嘟嘟囔囔的,听不清楚!"

阿常把自己的脸从末造身上抬起来，气恼地笑道："我不是说得很清楚吗？就是鱼金的老板娘。"

"哦！我猜多半也是那个娘儿们。"末造温柔地看着还在生气的老婆，又点了一根金天狗牌香烟，"报社的记者经常宣扬社会制裁什么的，可这些所谓的社会制裁我一次没见过。像这些搬弄是非的家伙，才真该制裁一下他们。那个娘儿们专爱说街坊的闲话，你把她的话当了真，那怎么行啊？我现在把真实的情况告诉你，好好听着吧。"

阿常一脸迷茫，不知所措，只有脑子里还剩着一丝怀疑的念头，心想：不会又骗我吧？但她还是双眼放光地盯着末造，认真听起来。每一次当丈夫嘴里冒出一些自己不明白的报纸上的新词儿来，例如他刚说的"社会制裁"什么的，她都会先羞怯起来，在心理层面上已经开始向对方臣服了。

末造一边喷云吐雾，一边似乎要给对方什么暗示，紧盯着她的脸说道："那个人估计你也认识。大学还没在那边的时候，有一个叫吉田的学生，那个经常往家里来，戴一个金丝眼镜、衣着还非常单薄的小子。他后来工作去了千叶县的一家医院里，欠我的钱两三年都还没还完。他还住宿舍的时候，结识了一个女人，并为她在七曲租了个房子，一直住到前一段时间。开始时，他每个月都会准时给那个女人寄钱来，但到了今年，他既不写信也不给钱了。女人就找到我，让我去帮忙找吉田谈。你肯定纳闷儿，她怎么会认识我呢？其实，是因为之前古田担心老来我这儿，给家里人看到添麻烦，就让我到七曲租的那个房子那儿立字据。在那个时候,女人和我互相认识了。本来我也不想管这种事,但毕竟这事也不难,我也不想让她失望,就帮她传话了。不承想双方一时没有个结果,那女人就一直缠着我求助,被这种人纠缠真让人头疼。而且,她还让我帮她换房,说要找一个既干净又便宜的房子。我帮她找了个一家当铺掌柜的父亲原来住过的房子,帮她搬去了那里。因为事情比较乱,所以这段时间我就常过去帮忙,在那儿也就待上抽几根烟的时间。附近就有人闲得造谣了。那房子隔壁是裁缝家,有一堆嘴杂的姑娘做工。谁会傻到把女人养在那儿啊?"说完,末造轻蔑地一笑。

阿常的两只小眼睛开始发亮,认真听完丈夫的话,这时便故作娇态地说:"可能你说的是真的,但你总去一个女人家,保不齐日后会怎么样呢。何况那种女人,只要给钱,什么不要脸的事都干得出来。"不知不觉间,阿常就忘记了说"您"。

"又胡说!我已经有你了,怎么还会找别人?你把我当什么人啦?共同生活到现在,我碰过一回别的女人吗?都什么年纪了,还争风吃醋,省省吧!"没想到蒙混过关这么容易,末造心里乐开了花。

"可是,女人都喜欢你这样的男人,我才不放心的嘛。"

"唉,真是'敝帚虽微亦自珍'。"

"什么意思啊?"

"就是说,像我这种男人,也就只有自己家的喜欢呗!哎呀,都一点多了。好了,快睡吧。"

十三

末造真真假假的一番话,似乎化解了老婆的疑窦,但这只是权宜之计。只要真有人还在无缘坡那里,那这样的侮辱中伤就会层出不穷。"今天恰巧看到你家的进了哪儿的格子门"之类的,从女仆的嘴里再传到老婆的耳朵里。不过末造总能找到各式各样的理由。如果老婆说,谈生意应酬不必安排在晚上,末造便会回她"借贷这事,没有人会在早上谈的";如果问为什么之前的晚上不出门呢,他便回答"之前的生意没有当下做得大"。

搬到池边前,末造就靠自己一人打理生意,现在他又在家的附近设了个办事处,另外在龙泉寺町那里还有一间房子权当分店。学生们要借钱时,就不需要再跑远路就能解决了。根津一带的需要钱时就到办事处,吉原一带的就去分店。后来,吉原有一家拉皮条的"西宫"茶馆,和末造的分店勾搭在一起,只要得到分店的承认,那些浪荡子们即使没钱也可以寻欢作乐,那里简直成了他们的供养所。

就这样过了一个月,末造家再没发生过矛盾和争吵。这也就意味着,末造的诡辩成功了。但在这天有一个意外,让他又露出了马脚。

那一天,末造非常难得地在家没出门,老婆阿常趁早上凉快出门去买东西,她带女仆阿松在上野大街走着。往回走时路过了仲町,身后的阿松突然轻轻地拉了拉阿常的衣袖。"怎么啦?"阿常回头看着她,对方没有说话,指了指左边店前站着的一个女人。阿常随意地一瞥,便不由自主地停了下来。那个女人正好回头,跟她照了面。

乍一看,阿常以为这个女人就是一个艺伎。如果是艺伎,在数寄屋町像她这样身材修齐容貌美丽的,估计也很难找到第二个了。阿常做出了自己的初步判断。但一转念,阿常觉得这女人的身上,缺少某种艺伎特有的东西。究竟是什么东西,阿常说不出来。非要说的话,那应该是"浮夸的样子"吧。艺伎总是穿戴靓丽,那种靓丽中一定含有几分浮夸,一旦浮夸就稳重不足了。阿常觉得缺少的就是浮夸。

店前的那个女人察觉出旁边有人停下,便下意识地回了下头,但停下来的那人没什么值得注意的,她就把小洋伞靠在稍稍弯曲的膝盖上,从腰带里取出钱包,低头找零钱。

那家店是仲町南边的"紫楼桐"。店名很奇特,被人戏称:"紫楼桐,反过来不就是'捅娄子'。"店里卖的牙粉装在写有金字的红纸袋里。那时候,还没有牙膏这种西洋货,牡丹香味的岸田花王散和这家紫楼桐的牙粉,都是这一带的上等货。店前的女人不是别人,正是早上看望父亲、回家途中顺路买牙粉的阿玉。

走了一段路,阿松对阿常说:"太太,那女人就是在无缘坡仟的那个。"

阿常没说话，只是点了点头。见太太听了没什么反应，阿松感到非常意外。其实，发现那个女人不是艺伎时，阿常就本能地想到她就是无缘坡的那个女人。因为，仅仅看到个美女，阿松还不至于提醒自己。另外，还有一点也帮她做出了判断，那就是阿玉膝上的小洋伞。

一个多月前的一天，末造从横滨出差回来，给老婆阿常带回来了一把洋伞。洋伞的柄杆特别长，伞面相对就显得有点儿小。如果是身材高挑的西洋女人，拿去用了肯定不错，但阿常又矮又胖，说句难听话，她拿在手里就像用竹竿挑着一块破尿布。因此，她将那把伞收起来了，根本没拿出来用过。那把洋伞是白底蓝细格的纹案，和紫楼桐那个女人的洋伞一模一样，这一点阿常看得一清二楚。

从酒铺拐向不忍池时，阿松讨好她说："太太，她也不怎么美嘛，您说对吧？脸是平的，个子又那么高。"

"别瞎说了！"说完，阿常便不再搭理她，自顾自地快走起来。阿松白讨没趣，脸色尴尬地跟在后面。

阿常心里乱作一团，理不出一点头绪来。她不知道应该怎么去做，对自己的丈夫该说什么，但她就想立刻和丈夫大吵一架，发泄一番。那把洋伞曾经让自己多么高兴啊。以前，自己不说要，他从来不给自己买东西。自己还觉得奇怪，为什么这次他回来居然带了礼物？怎么心肠这么好啦？回想起来，多半是那个女人让他买把洋伞，他才顺便多买了一把。肯定就是这样的，自己被蒙在鼓里，还觉得挺幸福的。买把根本没法出去用的伞，还感到高兴！不只是洋伞，那个女人的衣服首饰，恐怕也是自己的丈夫给买的。自己现在打的这把棉布伞，怎么能和那把舶来的小洋伞比呢？同样，自己和那个女人，穿戴也是没法比的。不只是自己，还有自己的孩子，买件衣服他都不肯答应，说什么男孩有件窄袖和服就行了，又说女儿小没必要做正经衣服。有钱人的老婆孩子，哪有像自己娘儿几个这样寒酸的？他肯定是因为有了那个女人，才不管我们的。还说是吉田的相好，这怎么可能？很有可能从七曲那边开始，就是他包养的了。对，就是这样的。自从发了财，他穿戴得越来越讲究，说是为了应酬，其实就是为了勾引那个女人。他从不带自己出门，肯定是带那个女人去的。哼，太可恨了！

阿常前思后想，突然阿松喊道：

"啊，太太，您这是要去哪儿啊？"

阿常吃惊地停下来，原来只顾低头往前急走，差一点就走过了自家的门口。

阿松无所顾忌地笑了起来。

十四

阿常早上收拾好饭桌出门买东西时，丈夫还在抽烟读报。等她回来的时候，末造已经不在家了。如果他在家，阿常虽然做不出什么出格的事情来，但总会免不了和他大吵一架。他既然已经不在了，那阿常就只剩下沮丧的心情了。午饭还得做，孩子们的棉袄才完成了一半，秋冬还要穿，就还得接着缝。阿常麻木地做着这些日常家务，时间一长，要跟丈夫吵闹的心气就减弱了。从前，他们夫妻经常吵架，她总是盛气凌人，不惜和丈夫硬碰硬。可总是难以如愿，就像一拳打在了棉花上，让她有力使不出来。每次末造都会花言巧语地说出一堆道理来，阿常并非被他说服，只是听着听着就不知怎么地不再生气了。今天，她怕是连这第一招都使不出来了。

阿常陪孩子们吃过午饭，劝开吵架的他们，然后开始缝棉袄，缝好后开始准备晚饭，监督孩子们洗澡，洗完自己接着洗，然后点上蚊香开始吃晚饭。孩子们吃完要出去玩耍，玩累了才肯回家。这时，阿松从厨房走出来，在屋里的固定地方铺好床，挂好蚊帐。阿常让孩子们方便后就开始哄他们睡觉。一切做好后，她就把丈夫的晚饭罩上，把热水壶放到火盆上面，端到隔壁去。无论丈夫回不回来吃晚饭，她都会这样做。

忙碌完这一天的事情，阿常便拿起把团扇，钻进蚊帐里坐了下来。此时，今天早上撞见的那个女人突然清晰地闯入了她的脑海。这时候自己的丈夫怕是就在她那里吧。这个念头让她心烦意乱，根本坐不住了。"我该怎么办？怎么办？"左思右想之后，她决定去无缘坡那里看看。有一次，她去藤村点心店买孩子们最爱吃的豆包，曾经路过那里。她当时想，原来这就是裁缝家隔壁，还特意看了看。因此，她记得那个格子门人家。一定得去看看！不知道从外面能不能看到里面的人影，能否听到他们的说话声？即使如此，也得去。不，不行，要出门就必须过走廊,而女仆就睡在走廊边上。这时那边的拉门都关了,女仆阿松肯定还在缝衣服。她如果问:"太太这么晚了去哪儿啊?"自己该如何回答呢?说去买东西,阿松一定会抢着去买。看起来,哪怕自己非常想去,也没有办法偷偷走出门。唉,怎么办啊?今天早上就只想着早点回来见到他,假如那时见着了,自己又能说什么呢?自己这个人呀,肯定只会说一些不着边际的狠话,肯定又得被他的花言巧语蒙骗过去。他能言善辩,吵起来自己必定不是他的对手,干脆不说话算了。可是如果什么都不提,那结果能怎样?有了那个漂亮女人,自己不管再怎么样,他都不会放在心上了吧。唉,我该怎么办啊怎么办?

阿常睡不着,反复思考着,有好几次想着想着又想回去了。她脑袋里一片茫然,理不出个头绪来。不过,有一点她倒是非常确定,那就是与丈夫吵闹不起作用,还是别吵才好。

就在这个时候,丈夫推门回来了。阿常浑身不自在地摇着团扇,一声不吭。

"嗯?怎么又摆出这副奇怪的样子啊。怎么回事啊?"

平常老婆都说"您回来了",今天却没有打招呼,末造不但没有生气,反而心里快活得很呢。

阿常仍旧不吭声。虽然不想吵架,但她一见丈夫回来,心中的怨恨便不由自主、不可阻挡地冒出来了。

"又想到什么无聊的呢?好啦,不要想了。"末造扳住太太的肩膀摇了两下,然后坐到自己的铺位上。

"我在想我该怎么办呢。想回娘家却没娘家,而且这儿还有孩子。"

"说什么呢，什么怎么办？你什么都不用办，难道不是吗？天下还太平着嘛。"

"说得轻巧。反正不管我是死是活，你都不放在心上了。"

"什么死活的？这话说得莫名其妙。你怎么会那样呢？一切都还照旧，现在这样不好吗？"

"你就会骗我！我这个人有没有都一样，反正你也不在乎我了，是吧？不，不是有没有都一样，是没有我才好呢。"

"你这话说得真奇怪。什么没有你才好，胡说八道！没你不就麻烦了吗？就只照顾孩子这件事，你就是不能缺少的嘛。"

"你再找个美人给他们当小妈啊，让她来照料嘛，他们成了后妈的孩子也没事呀。"

"听不明白，明明咱俩都在，怎么会成后妈的孩子？"

"是吗，果真这样的吗？真有福气啊。你打算就一直这样下去吗？"

"这还用说！"

"是啊，一个大美人，一个丑婆娘，让她们打一模一样的洋伞！"

"哎呀，你说什么呢？简直像学着演滑稽戏的道白嘛。"

"是啊，反正我这样的演滑稽戏也上不了台面。"

"别说滑稽戏啦，说点正经的吧。什么洋伞，到底怎么一回事？"

"你的心里最清楚。"

"我怎么心里清楚？完全不知从何说起嘛。"

"好，那我就说了。那一次，你从横滨给我带回来一把洋伞，是吧？"

"嗯，那又怎么啦？"

"那种洋伞，不只给我一人买了吧？"

"不给你一人买，还能给谁买？"

"哼，那根本不是给我买的，是给无缘坡的女人买的！你一时兴起顺便给我买了一把，对不对？"一提起洋伞的事，阿常本打算不吵不闹的主意就不知道哪儿去了，只觉得怨恨如潮水般涌了上来。

全都被阿常说中了，末造不由得大吃一惊。但他故作镇静，脸上露出苦笑的表情，说道："胡言乱语。怎么回事？你说我买给你的那把伞，吉田的女人也有一把一模一样的？"

"你也买给她的，自然我俩的一模一样了！"老婆突然大叫起来。

"这算怎么回事啊？真不像话。你先小声点吧。不错，我从横滨给你买伞的那会儿，人家说这只是样品，可现在银座那里肯定到处都在卖了。唉，不止戏里会有不白之冤这种事啊？另外，那什么，你在哪里见到那个吉田的女人啦？你倒什么都清楚啊。"

"我当然清楚。这附近谁不清楚她呀，人人都夸的大美人！"太太恶狠狠地说道。之前只要丈夫花言巧语一番，她就轻而易举地相信他了。但这 次，她的直觉非常强烈，就好像亲眼见到他们在一起的情景一样，不管怎样也不相信丈夫的鬼话了。

末造原本想从老婆的嘴里套出来她们是怎样遇到的，说过话没有，等等。但马上又想，这时候追问这些不会有好处，就故意没再问。"说她是大美人？她也配啊？长着一张大扁脸。"

阿常没有说话。但丈夫将那个可恶女人的瑕疵挑明出来，让她的激愤心情缓和了一些。

这一夜，夫妇俩照旧在一番吵闹后又和好了。只是在阿常心里，仍然隐隐作痛，仿佛有一根刺没有拔出来。

十五

末造家里的气氛逐渐变得沉闷起来。阿常不时地发呆，什么事也不想做。这时的她不再管教孩子，如果孩子们打扰她了，马上就会遭到不分青红皂白地责骂。骂完孩子之后，她又如梦初醒，赶紧去抚慰道歉，或者一个人独自哭泣起来。女仆阿松来问做什么饭，她不是不加理睬，就是随便说一句"看着办吧"。在学校里，他们的孩子虽然因为父亲放高利贷而被同学们排斥，但末造天生爱干净，时常吩咐老婆照顾周到，所以他家的孩子总是衣着非常整洁的。可是如今，几个孩子浑身脏兮兮的，穿着破衣服在大街上玩闹。女仆阿松不禁抱怨主人天天这样让她很难办，就像笨人骑着懒马一样到哪儿算哪儿了，阿松也乐得凡事都敷衍，任凭厨房里的鱼变臭、蔬菜坏掉。

一向喜欢把家事管理得井井有条的末造，看到现在这副脏乱样，觉得非常懊恼。他知道造成这样混乱局面的根源就在自己身上，自己就是罪魁祸首，所以不便出言斥责。平日里末造要责怪别人时，最擅长的就是轻而易举地以玩笑话说出自己的意见，让对方去自我反思。但现在看来，这种嬉皮笑脸般的态度，反而会让老婆的火气变得更大。

末造偷偷地注意着老婆，他发现有一种意料之外的情况。那就是，当自己在家时，阿常的反常举止就会更厉害，而当自己出门后，通常她倒变得清醒了起来，还像之前那样做事。他从孩子和女仆的口中得知了这一情况，刚开始时非常吃惊，但他足够聪明，仔细一想就明白了其中的缘由。他想道，阿常肯定对自己心怀怨恨，如果自己又总在她跟前出没，她的心情自然不会好了。本打算尽量不让她伤心难过，自己从来没有冷淡疏远她，谁料她看到在家的自己反而会心情更糟。就像吃药却加重了病情一样，真是何必如此呢。以后，干脆反其道而行之吧。

从那之后，末造早出晚归，也不再按时回家。这样的后果变得更糟了。他第一次一早出门，阿常只是惊讶地看着，并不说话；第一次晚归，老婆也不再消极地给脸色看了，她心里的那根弦似乎快要崩断，忍无可忍，质问他："您这一整天干吗去啦？"说完，便号啕大哭起来。第二次一早出门时，老婆问他："您要去干吗？"就不让他出去。末造告诉她去向，她便说他说谎骗人。末造不理她硬要出门，老婆就说："今天我一定要问一句话，只耽误你一小会儿就行。"然后抓着他的衣服不放手，或是堵住门口不许他走，也不怕被别人看见。末造不喜欢把小事闹大，而是乐意和平解决，如今即使心中非常不满，也不想粗暴地制止，但有时候老婆紧抓着他不放手，他也会把老婆甩到一旁。这种不像话的情形被女仆阿松看见了，这时末造便只好留下不出门了，说："好吧，那你问！"太太问的是："您想把我怎么样"或"这样过下去，我会成什么样"，都是一些他没法回答的问题，他一时半会儿也不知道个所以然。看来，末造这种"早出晚归"的方法，对老婆的病完全无效。

末造想，在家老婆心情就不好，可是出门她又不让，看来她就是想让丈夫待在家里自找气受。末造忽然想起了一件往事。他们原来住在和泉桥的时候，有一个姓猪饲的借钱学生，这个人衣着邋里邋遢，光着脚穿鞋，走路松松垮垮的。那小子既不肯还钱又不想重写字据，天天四处躲着他。终于有一天，末造在青石巷的拐角处堵住了他，问他去哪里，猪饲说了句"去那边练武的师父家，你的钱我会想办法还上的"，然后溜之大吉。末造假装分别，又偷偷返回去，在拐角的地方盯着他，眼见他走进了伊予纹酒馆。末造搞明白后，去上野大街办了其他事，片刻过后便闯进了伊予纹酒馆。猪饲那小子非常吃惊，但他生性爱装豪爽之人，强把末造拉来喝酒。他还叫来两名艺伎热闹一番，猪饲说："今天谁都不要扫兴，咱们一醉方休。"说着便给末造倒酒。那时，末造还是第一次在酒桌上有艺伎作陪。其中一个好像名叫阿俊的艺伎，性情一看就非常刚烈，她醉醺醺地坐在猪饲身上，不知为何便嬉笑怒骂开了。末造不说话，听着阿俊的连篇愤怒之言，至今还有印象。阿俊说道："猪饲先生，您貌似厉害，但其实就是个窝囊废！听我告诉您，女人这种东西，男人不常揍她们几顿，她是不会爱上你的。您给我记住啊！"不只是艺伎，也许其他女人都是这样。这段时间，阿常这个婆娘把自己绑在她身边，却从不给个好脸色看。看来她是想让自己做点什么，是想挨一顿打？对，她就是想挨打。没错！阿常这婆娘，以前只会像牛马一样干活，吃不上什么好吃的，浑身没有一点女人味。搬到这房子后，她有了女仆，被人"太太、太太"地叫，过上了像个人样的生活，她也有点像其他正常女人了。就像阿俊说的，阿常很有可能是想挨打了。

那么，自己又怎样呢？没发财之前，别人怎么说自己都没关系，就连乳臭未干的毛头小孩，自己都点头哈腰地尊称人家"老爷"。不怕被人欺辱，只要在钱上不吃亏就好，就这样直到现在。那时的每一个日日夜夜，无论在哪儿，跟谁在一起，自己都夹着尾巴做人。社会上的那些家伙见多了，便会知道越是对上司曲意逢迎的人，对下属就越是骄纵跋扈，喝醉了还会打自己的老婆孩子。自己既没有上司，也没有下属，谁能给自己钱赚，就对谁臣服。那些不能让自己赚钱的，无论是谁，他都觉得无所谓，干脆不予理会，随他的便。打人什么的，都是徒劳无益的事。自己有那闲工夫，还不如去考虑一下自己的生意呢。即使是自家老婆，也得一视同仁。

阿常这婆娘，想让我去揍她。那非常不好意思，这件事情实难从命。我宁肯像挤柚子汁一样把欠债人的油水榨干，也不愿意去无聊地打人。末造这样想道。

十六

进入了九月,大学开学,无缘坡上来往的行人也就多了起来。回老家的学生这时又都回到了本乡一带的宿舍。

早晚的天气凉爽了许多,只是白天中午有时还会很热。搬家时,阿玉挂上的青竹帘没有褪色,可能是因为锁在窗格里、上下没有缝隙的原因。几柄绘有晓斋、是真[20]等人画作的团扇,插在窗户里的一个团扇架上。阿玉倚在团扇架下的柱子旁,百无聊赖地望着窗外发呆。过了三点,学生三五成群地在此路过。每当他们走过这里时,隔壁裁缝家里的姑娘们便像一群鸟雀啼叫般喧闹。被她们影响,阿玉有时也会注意窗外,看看路上的人长什么样子。

当时的学生,七八成都有后人称的所谓"壮士气质",也偶尔会有具备绅士风度的路过,就是一些将要毕业的学生。那种眉清目秀的青年小白脸,往往轻薄肤浅,让人难以亲近。而那些其貌不扬的青年,其中或许会有学习好的,但在女人眼中也是粗俗讨厌的。即使如此,阿玉仍然每天有意无意间远远望着那些走过窗前的学生。有一天,她突然察觉到自己的某种念

---

[20] 河锅晓斋(1831—1889),画作多为讽刺世相的题材。柴田是真(1807—1891),在泥金画和磨漆画领域独树一帜。

头在脑海中诞生时,不由得吃了一惊。这种幻想在意识深处逐渐成形,然后一跃而出,把她整个人都吓着了。

阿玉当初除了想让老父亲晚年享福,再也没有其他的目的了。她尽力将执拗的父亲说服了,让自己做了别人的小妾。她原本以为,这已经是自甘堕落的底线了,只是在为父亲着想上寻到了一丝宽慰。但是,她所仰仗的丈夫,却是一个被人瞧不起的放高利贷的。知道这一残忍的真相时,她已经无路可退,自己心中的阴影没有办法遣散,于是她想向父亲诉说,让他为自己解忧答疑。她带着这个念头去池边看望父亲。可是当见到父亲安静的生活,她无论怎样都不忍心给老人再添哪怕一丝的麻烦。她暗下决心,即使自己受再大的痛苦,也要把它藏到心底。在下这个决心之时,那个以前只懂依靠别人的阿玉,终于有了独立意识。

从那时起,阿玉开始暗暗注意自己的言行。末造来时,她就不再像从前那样真诚以待,不存芥蒂,而是有意识地去表面应酬。她真实的心已经离开了自己的身体,冷眼旁观着这一切。她在心里嘲笑末造,也嘲笑那个靠别人供养着的自己。当她首次察觉到这个想法的时候,顿时感到心惊胆战。可是随着时间的推移,她慢慢地习惯了,好像自己的心本就应如此才好。

从那之后,阿玉伺候末造越来越殷勤,而心却对他越来越疏远。她靠末造的照顾过活,却不感激他。阿玉觉得,对他不存感恩之心,也是对得起他的。她还想,虽然自己没有上过学,也没有掌握什么一技之长，但即使这样，也不应该成为末造的一个玩物。望着路边的大学生，阿玉忽然心想："这些人里会不会有值得托付的人呢，把我从这牢笼中解救出去？"她对自己居然陷入这种幻想中感到又惊又怕。

就是在这种情况之下，冈田与阿玉有了一面之缘。对阿玉来说，冈田只是她望向窗外看到的学生中的一个。但是冈田仪表堂堂，英俊体壮，又毫无自大做作的态度。阿玉注意到他这点，认为他一定平易近人。之后的每一天，阿玉都会眺望窗外，仿佛在等人一样，不知那个人是否还会来。

阿玉不知道冈田的姓名，也不知道他住在哪里，但她屡次和冈田邂逅，不由自主地产生了一种亲近感。那一次，她主动对冈田展示自己的笑容，是因为在一瞬间，她身心放松、自制力暂时丧失的原因。阿玉性情恬静，并不会像故意做出某些举止来向对方表示爱慕之心的那种人。

冈田摘帽致意时，阿玉的心怦怦直跳，自己都觉得脸一定通红了。女人天生的直觉是灵敏的。她明白，对方致脱帽礼并非有心，只是一种修养和习惯。但从这一刻起，这种隔窗相对无言的交流就进入了一个新时代。阿玉雀跃不已，无数次在心中描摹着冈田当时的样貌。

同样做妾，如果是被正当迎娶的侧室，倒还算是一种保护，但像她这样置于家外的外室，则有着不足为外人道的苦痛。一日，一个三十岁左右的男人到阿玉家门前乞讨,他反穿着一件印着商号的短褂,说自己从下总[21]来的,要回那里,可是脚受伤了,想让阿玉给点路费。阿玉用纸包了一角钱,叫阿梅拿给他。男人打开看了,"一毛钱啊",然后嘲讽地一笑,"你回去问问她,是不是搞错了啊?"说完把钱扔了。

阿梅红着脸拾起钱回到了屋里,不料想那个男人居然毫不客气地也跟进来了。见阿玉正在给火盆添木炭,便坐到火盆对面,天南地北地说了一大堆,还不断地提起自己在监狱的生活。阿玉本来怕他是想要胡作非为,他却只是说了一通牢骚话,嘴里的酒气熏得人忍受不了。

阿玉差点被吓哭,强忍着恐惧拿出两张当时通用的、纸牌模样的蓝五毛纸币,然后当面包了起来,默不作声地递给了他。不料,男人这次倒很满足:"两张五毛的就行啦,大姐,你真聪明,将来肯定发财。"说完,晃晃悠悠地离开了。

因为这件事,阿玉感到非常后怕,便开始尝试着和邻居交往了,有时做些别致的菜肴,就让阿梅送些给隔壁那位独居的裁缝师傅。

裁缝名叫阿贞,虽然已经四十多岁了,但风韵犹存。据说她在三十岁之前,一直在前田藩主的府上做事。她曾经嫁过人,但没多久丈夫便去世了。阿贞谈吐不俗,写得一手御家流[22]的

---

〔21〕 下总是日本旧国名,大致在今天千叶县北部和茨城县西南部。
〔22〕 御家流是日本书法流派之一,风格流畅秀丽,简洁温润。

好字。阿玉有时想学写字，就向她借字帖。

这天早上，阿贞从后门进来，专门为阿玉前日送的菜肴道谢。两个人站着聊了一会儿，阿贞问她："您认识冈田先生？"

阿玉没听说过冈田这个名字，不过她立刻明白，阿贞说的就是那个学生。对方有此一问，一定是看到了那学生跟自己打过招呼，既然那样，肯定就是彼此认识了。在那一瞬间，阿玉心里电光石火般闪过这个念头。她趁阿贞还没有察觉到自己的识疑，迅速回答道："是啊。"

"听说那个先生特别出色，品行端正得很啊。"

"您对他很了解吗？"阿玉大着胆子说道。

"上条公寓的老板娘跟我说的，她说，住她公寓里那么多学生，像冈田先生那样的，再也找不出第二个来了。"说完，阿贞就回家了。

阿玉就像自己被夸奖了一样，口中不断重复着："上条，冈田！"

十七

日子过了一天又一天，末造来阿玉这里的次数非但没有减少，反而越来越多了，而且他不只像刚开始时那样晚上才来，现在其他的时间里也经常登门。老婆阿常总是不断跟他纠缠，让他想个解决办法，末造不胜其扰，只好逃到无缘坡这边避难。老婆吵闹的时候，末造总是说没必要怎么办，一切照旧就可以了。老婆便说，一定得想个办法，然后又说自己无娘家可归、丢不下孩子、年纪大了之类的，反正列举一堆困难，证明眼下的生活实在是没法过了。末造就不断重复自己的话，没必要怎么办，一切照旧就可以了。俩人说来说去，阿常便开始大发雷霆，末造奈何不了，便到外边躲避。末造遇事好讲道理，像做数学题一样思考问题，在他眼里，阿常的想法过于执拗。就比如有人站在屋内，三面是墙，一面是门，可她就只会用后背对着门，还在那儿因为走不出去生自己的气。门就开着啊，为什么不回头看看啊？他只能对她这么说。相比从前，阿常过得轻松了许多，没有任何压制和干涉。是的，无缘坡那边多了一个新人，但自己并没有像社会上的男人那样喜新厌旧，冷落和虐待过她，而且，相比以前，自己对她更温和宽厚了。门照旧开着呀！末造一直这样想。

当然，末造的这些想法只是他的自私作祟。就算在物质上，老婆的待遇和以前没有差别，他对老婆的态度和言辞也没有变化，但现在两人中间有了阿玉，他却要求老婆还像没有阿玉时那样，这当然是痴人说梦。对阿常来说，阿玉就是她的眼中钉。而末造自己，怎么会替阿常拔掉眼中钉、让她重新安心呢？阿常这个女人，本来思考问题就无条理可言，不过虽然思路不清，但她感觉事情并非像末造所说的那样，什么门开着之类的。能让阿常安下心来、前程无忧的大门，现在正被浓重的黑影笼罩着。

这一天，末造又和老婆吵了一架，他气愤地摔门而出。当时是上午十点多钟，他原本打算直接去无缘坡那边，不巧女仆阿松正带着最小的孩子在七轩町街上玩。于是，末造故意穿过新开路，从天神町赶到五轩町，装作行色匆匆，其实就是胡乱转悠。他嘴里还不时地骂着"他妈的""畜生"等难听的词汇。他走上昌平桥时，迎面走来一名艺伎。末造觉得她的样貌有些像阿玉，等走近了再仔细打量，发现对方脸上都是雀斑。还是阿玉貌美如花，想到这儿，他心里兴奋不已。他站在桥上待了片刻，目送着艺伎的背影消失。那人可能出来买东西，消失在了讲武所的小巷里。

当时眼镜桥附近区域还是新修的景观胜地，末造下了桥信步向柳原走去。柳树像撑着把大伞站在河岸边，伞下有一名男子正让一个十二三岁的女孩跳活惚舞[23]，周围像往常一样围了很多看客。末造停下来观瞧，这时一名穿着商号短褂的男人差点撞他个满怀，那人急忙闪身避开，迅速走开了。末造警觉起来，回头正和那人目光对上，那个人赶紧低下头溜了。"哼，这个笨蛋！"末造嘟囔着，揣在袖中的手伸进怀中摸了一下，当然什么也没丢。那小偷真够笨的。一旦在家和老婆吵架了，末造就会神经非常活跃，平时疏忽的地方，这时也会注意起来。也可以这么说，他原本锐利的感觉更加锐利了。小偷刚刚产生偷盗的念头，末造便已经察觉出来了。末造向来以自制力强为傲，

---

[23] 活惚舞是一种合着大众谣曲的拍子、轻快而滑稽的舞蹈，有人认为源自住吉舞，原为幕府末期的街头曲艺。

但此时他的自制力会有所放松。不过,别人一般都不会察觉这一点。如果有人警觉异常,对末造进行仔细观察,就会发现他比平时略微话多。而且他在照顾人、与之亲切交谈时,言行中也会露出一丝慌乱和不自在。

末造觉得离家已经很长时间了,便沿着河边往回走。他拿出怀表,才刚刚十一点,出门还不足半小时。

末造又做出匆忙去做事的模样,从淡路町急急地赶向神保町。当时在今川小街那边有一家"茶泡饭"饭馆,花两毛钱就可以吃一顿,包括酱菜和茶水。末造去过这家饭馆,想着去那儿吃顿午饭,但时间还太早。于是他走过饭馆朝右转,来到俎桥前的街道上。现在这条大街非常宽阔,一直伸展到骏河台下,当时可不一样,就像个口袋一样,在末造刚来的方向一转,路就到头了。街道的尽头连着一条窄巷,窄巷通往一座神社前,神社柱子上刻着山冈铁舟[24]的墨宝。医学部学生将窄巷戏称为"阑尾",不言而喻,俎桥前那条街道就是盲肠了。

末造走过了俎桥,路右边有一家鸟店,各种鸟儿叽叽喳喳,非常热闹。这家店现在还有,末造在店前停下来,观看檐下高高挂着的鹦鹉和鹦哥笼,地上摆着的白鸽、朝鲜鸽的鸟笼。末造看了一会儿,转身去看店里面,那里堆积着好几层的鸟笼,全都是小鸟。小家伙的叫声最响亮,飞来飞去也最爱动。其中数目最多也最闹腾的,是一种浅黄毛的外国金丝雀。但再仔细

---

[24] 山冈铁舟(1836—1888),日本剑术家、政治家,始创无刀流派。

看，一种娇小安静、色彩亮丽的红雀，吸引了他的目光。末造忽然想道，买两只回去给阿玉养，倒是非常合适。末造向卖鸟的老板问过价，大爷不理不睬，但终归还是卖给了他一对红雀。付完钱，老板问如何带走。末造本来以为买鸟会带笼子，结果不是想的那样。最终，他只好又买了个鸟笼，把红雀放了进去。老板用粗糙的手野蛮地伸进鸟笼，从一群红雀中抓了两只放进笼中。末造问怎么能分出雌雄，老板勉强应了一声。

末造提着鸟笼，向姐桥方向往回走，这一次他的步伐放缓了许多，还时不时提起鸟笼看看小鸟。吵架后离家出走的不快，仿佛被风吹过一般烟消云散。他这人平日里内心隐藏不露的温柔，又表现了出来。笼子的晃悠似乎让小鸟害怕，它们紧紧抓住木架，收起翅膀，一动不动。每拎起来看一次，末造就想得早点把它们送到无缘坡，挂到窗前就好了。

走过今川小街时，末造顺便在"茶泡饭"饭馆吃了午饭。女侍者端上来黑漆做的饭盘，末造把鸟笼放到饭盘的对面，看着可爱的小鸟，想着可爱的阿玉，那清汤寡水的茶泡饭，他却吃得鲜美可口。

十八

末造给阿玉买的红雀，没想到却成了阿玉和冈田搭话的中介。

提到这段往事，我就想起了那一年的气候。当时，先父在我们北千住房子的后院种了秋天的野花，周末我从上条公寓回到家，看见父亲买来很多矮竹条，说是二百一十日[25]快到了，女郎花、泽兰之类的都得分别地绑上竹条。但二百一十日安然度过。父亲又说，二百二十日时有可能不好过，但也平安无事。只不过，从那之后每一天，云层都变幻不定，有时像要起风暴，有时又闷热无比，好像重回酷暑。东南风也越吹越猛，又瞬间停下。父亲笑称，二百一十日"化整为零"了。

一个周日的黄昏，我从北千住回到上条公寓。学生都外出了，公寓里非常安静。我回到自己屋内，发了会儿呆，忽然听到隔壁在点火柴。我原本以为隔壁没人，心里正感到孤单，便立刻喊道："冈田君，是你在吗？"

"嗯。"回答得非常含糊。那时我们已经熟悉得彼此不再见外，所以听出这回答和平常不太一样。

我心想，刚才我发呆，看来冈田也在发呆，大概在想什么事吧。我想看看冈田这时的表情，于是又喊一声："嘿，我现在过去一下，可以吗？"

"什么可以不可以。我刚回来，一直在发呆，你进屋弄得声音震天响，我才想起该点灯了。"这一次冈田的声音清楚了许多。

我走到长廊，打开冈田房间的门。冈田的窗户正对着铁门，

---

[25] 二百一十日是一个杂节，指从立春算起的第210天，即9月1日前后，这时多台风，又逢晚稻开花期，因而农家视为厄日。

铁门这时敞开着,他胳膊支在书桌上,望着黑黢黢的窗外。窗户上嵌着铁栏杆,窗外小路上有两三株扁柏树,灰不溜丢地站在那里。

冈田回头说道:"今天又闷又热,屋里有几只蚊子,吵得人心烦。"

我在书桌旁边盘腿坐下:"是啊,我家的老爷子说,二百一十日化整为零了呢。"

"哈哈哈,二百一十日化整为零?这个说法真有意思。也许真是这样的。天气一会儿阴一会儿晴的,我正犹豫要不要出门,结果就在屋子里躺了一个上午,一直在看从你那儿借的《金瓶梅》。脑袋晕乎乎的,吃了午饭,就出门逛了一逛,不承想遇到了一桩怪事。"冈田没有看我,脸向着窗外说。

"什么怪事?"

"杀死一条蛇。"冈田回头看向我。

"是为了解救美人吗?"

"不是,解救的是小鸟。但和美人也有牵连。"

"有意思!快说给我听。"

十九

原来这件事的经过是这样的。

那一天,乌云密布,狂风怒吹,不时地把街道上的尘土吹得漫天飞舞,然后又停歇片刻。过了中午,冈田读了半天的小说，感觉头有点晕，便计划出去走走。他从上条公寓出来，习惯性地朝无缘坡方向拐去，当时还是有点头晕的。像《金瓶梅》这一类的小说大概都是这样，每隔一二十页的正常叙事之后，便会有一些粗俗的色情描写。

"刚刚读了半天这种书，我当时的表情一定显得非常呆傻。"冈田这样说道。

冈田走了一会儿，来到了平缓的下坡道，右边是岩崎府石墙的地方。他忽然发现在左边聚集了很多人，恰巧是在他平日特别留意的那户人家的门前，不过这一点并没有从冈田的口中说出来。围观的人有十几个，而且都是女人，一多半是少女，鸟儿叫喳喳似的吵成一片。冈田不知道发生了什么事，虽然没有凑热闹的好奇心，但他本来走在路中间，不知不觉中还是朝这边偏了几步。

这些女人都围在一起看着一个东西。冈田随之望去，便发现了事情的始作俑者，原来是一只挂在这家格窗上的鸟笼，难怪她们在那儿叫嚷呢。不过，冈田看到鸟笼里面的情景，不禁也大吃一惊。小鸟在里面不住地拍着翅膀，边叫边在狭小的鸟笼内扑腾。是什么东西让小鸟如此惊恐呢？冈田仔细一看，笼子里竟然伸进来一条大青蛇的头！蛇头在细竹条之间拼命地挤着，只是鸟笼暂时还没被突破。那条青蛇正在挤进一条与自己身体一样粗的缝隙里，钻进笼去。冈田想要看仔细些，便向前走了几步，站在一群女人的身后。她们似乎发现了大救星，赶紧闪身把冈田推到了最前面。这个时候，冈田看到小鸟并非一只，除了拍打扑腾的那只，青蛇嘴里还叼着一只毛色一样的。其实，青蛇只是将小鸟的一只翅膀咬在嘴里，但它好像已被吓破了胆，另一只翅膀低垂着，身体也软得像团棉花。

这时，一位年纪稍长的女人——像是这家的主人——非常惊慌但很客气地问冈田，能不能帮忙把大青蛇除掉。女人补充说："她们都是在隔壁学裁缝的，也来帮忙，但都是些女孩，想不出什么办法来。"一个女孩说："这家的太太听到了小鸟叫声，开窗一看竟是条蛇，吓得大叫。我们赶紧跑出来，但也不知道怎么办。我们的师傅不在家，不过她也是一个老太太，即使在家也没办法呀。"裁缝每月逢周一和周六休息，周日照常做工，所以徒弟们都在。

事情讲到这儿，冈田说道："那家的主人可真是个大美人。"不过，他并没说之前他就经常见过，并在路过时打招呼。

冈田没有说话，先走近鸟笼观察一番。鸟笼挂在窗户前，靠近裁缝家这一边，蛇是从两家中间的屋檐上爬过来的，并直接把头伸进了鸟笼。蛇身像搭了条绳索似的，爬过檐上横木，蛇尾还藏在柱子的上方角落里。那条蛇非常长，有可能是本来藏身于草木茂盛的加贺府院内，这段时间天气反常，便四外游荡，不知怎么地发现了这只鸟笼。冈田思考了片刻，一时也拿不定主意，所以那些女人对此束手无策也不奇怪了。

"有没有刀子？"冈田问道。女主人吩咐一个小女孩道："快去把厨房的菜刀拿来。"那个小女孩应该是个小女仆，和隔壁学裁缝的女孩一样穿着单衣，系着紫洋布做的束袖带。小姑娘或许不想用切鱼刀来砍蛇，看主人的眼神里都是抗议。"不要紧，我再买把新的给你。"主人这样一说，小姑娘才放了心，跑去拿了一把菜刀出来。

冈田忙接了菜刀，脱掉木屐，单脚登上窗台。他擅长体操，只见他左手熟稔地抓住了房檐的横木。冈田发现菜刀虽新却不快，所以不想一刀砍下去了事。他用手将蛇身压在了横木上，上下剁了几下。刀剁在蛇的鳞片上，感觉就像在剁玻璃一样。蛇刚才还只是叼住了小鸟的翅膀，这时已将鸟头吞进了嘴里。青蛇身受重伤，剧烈起伏抽搐起来，但还是不肯吐出嘴里的猎物，也不肯把头从笼子里退出来。冈田手不停地剁了五六下，钝刀终于像切割菜板上的鱼一般，将大青蛇剁成了两半。它的下半身不停痉挛着，啪的一声落到了檐下种有麦冬的雨水沟内。上半身也紧接着从窗户上滑落，垂挂下去，只有蛇头还夹在鸟笼里。青蛇头已经把鸟吞进去了一半，鼓胀了许多。鸟笼的竹条虽被撑成了弓形却没有折断。蛇头在鸟笼里嵌着拔不出来，因而它的上半身便挂在鸟笼上，使之倾斜了四十五度。笼中幸存的那只鸟居然还有体力，一直在扑腾着翅膀打转，真是难以想象。

冈田松开攥着横木的左手，从窗台上一跃而下。姑娘们刚才一直在旁边观看，这时就有两三个回裁缝家去了。"把鸟笼摘下来吧，这样才能把蛇头取出来。"冈田看着女主人说道。但蛇的上半身还挂在那里摇晃，里面的黑血不住地滴在窗台上。主仆两人都不敢进屋，把挂着鸟笼的麻绳解开。

就在这时，有人大叫："让我来给你拿笼子吧！"众人回头一看，原来是路过的酒铺小伙计。周日午后冷冷清清，并没几个人路过无缘坡，冈田对付蛇时，只有这个小伙计路过。他提着酒壶和账本，看了冈田杀死大青蛇的全过程。青蛇的下半身落到雨水沟里时，小伙计赶紧把酒壶和账本扔在一旁，捡起小石块去砸蛇身的断口。他每砸一下，青蛇那还没彻底死透的下半身便波动一下。

"那好，小兄弟，有劳你了。"女主人对他说。小女仆把他领进门去，不一会儿，小伙计便出现在窗口，他爬上了放有万年青花盆的窗台，使劲踮着脚尖，解开了钉子上的拴鸟笼的麻绳。小女仆不敢接，小伙计便提着鸟笼跳下了窗台，走出门来。

见小女仆跟在自己身后，小伙计不忘提醒她："鸟笼我拿着，你去把蛇血擦擦吧，都落到席上了。"

"可不是，赶紧去把血擦掉吧。"女主人也说道。小女仆便回到门里了。

冈田看了小伙计拿着的鸟笼，那只活鸟正站在木架上发抖。被蛇吞了的那只鸟，已被吞进去一半。青蛇虽然身体被剁断了，但直到临死前还在努力把鸟吞下去。

小伙计看着冈田，说："让我把蛇拿出来吧？"

冈田笑了笑说道："嗯，你拿吧。先要把头拉到笼子中间，再想法拔出来，不然竹条没断也得弄断了。"

小伙计灵巧地把蛇头拔了出来，又用手去拉小鸟的尾巴，说道："死也不松口啊。"

这时，留下的那些学裁缝的女孩人概觉得没什么可看的了，都纷纷走回隔壁门里了。

"那我也告辞了。"冈田看了一下周围说道。

女主人呆站着不知在想什么，听了冈田的话，她望向对方，欲言又止，便把目光移到了别的地方。这时，她发现冈田的手上沾上了血。

"哎呀，把您的手弄脏了。"说完，她叫小女仆端盆水到门口来。

讲到这个情景时，冈田没有把女主人的神情解说详细，不过他说道："也就是小手指那儿沾上了一丁点，我想也真难为她了，这居然都能看到。"

冈田在洗手时，那个酒铺小伙计一直在忙着把小鸟从蛇嘴里拽出来，忽然他大叫道："哎呀，了不得啦！"

女主人正拿着一块折好的新毛巾站在冈田身边，听到那边的叫声，赶忙搭在敞开的门上向外看，问道："小兄弟，怎么回事啊？"

小伙计正张着手掌捂在鸟笼上，说道："这只活的鸟差点从撑开的洞里逃跑了。"

冈田洗完手，接过女主人递来的毛巾，边擦手边对小伙计说道："你先别放手。"然后，他让女主人去找条结实点的绳子，避免小鸟再从洞口逃走。

女主人想了一下，问道："扎头发的绒头绳可以吗？"

"可以。"冈田说道。

女主人便让小女仆从梳妆台的抽屉里取出一些绒头绳。冈田接过来，在鸟笼竹条被撑开的地方横竖绑了几道。

"我能做的也就这些了。"说完，冈田就要走。

女主人说着"实在是……"，那一刻仿佛找不到合适的词语，便只好跟在身后送他出来。

冈田招呼小伙计道："小兄弟，麻烦你了，把蛇也顺便扔了吧。"

"好啊，扔到坡下边的深沟里去吧。还有没有绳子呀？"小伙计张望了一下四周。

"有绳子的，您稍等一下。"女主人又吩咐小女仆去找。冈田这时说了声"告辞"，便飞快地下坡去了。

这段故事讲完，冈田看着我说道："你看，虽然说是为了美女，但我也着着实实忙了半天呢。"

"嗯，为了美女杀蛇，有点神话色彩了，真有意思。但就这么完了吗？这个故事好像还没有结束吧。"我直言不讳地把心里话说出来了。

"胡说，如果故事还没结束，我怎么会给你讲呢？"冈田说话时的表情不像是在掩饰。但我觉得，故事怎么会就这么完了呢，心里很是意犹未尽。

听冈田讲完，我只能说这个故事像一个神话。其实，当时我的心里还曾经浮现出另一个念头来，不过没有说出口。那就是，冈田出门前一直在看《金瓶梅》，他这不会是遇到潘金莲了吧？

末造原来就是大学里的杂役，现在以放高利贷为生，他的名字在学生当中几乎无人不知。即使没跟他借过钱，也会知道这个名字的。但无缘坡的女人就是末造的外室小妾，这个事实就有人还真不知道，冈田就是其中的一个。当时的我还没把那女子的家世来历弄清楚，但裁缝家隔壁住着末造养的小妾，这事我倒是知道的。若论起这种见识来，我比冈田还是略胜一筹的。

二十

冈田帮忙杀死青蛇这件事之前，阿玉和冈田间也就只用眼神互相致意过。那天两人得以亲切地交谈，阿玉的心情也随之发生了急剧的变化，这让她自己都感到很吃惊。对一个女人来说，有的东西虽然喜欢，但不一定非要买下来。比如摆在商店橱窗里的手表、戒指之类的，不至于特意前去，只是办其他事路过那里时，顺便看上几眼就知足了。一种想得到手的期望与一种知道买不起的认命感交织在一起，便产生了一种并不痛切、透着甜蜜哀伤的情感。女人便陶醉在这种情感中。但是，一定要买到的东西就会让女人感到强烈的痛苦。她为之烦恼，坐卧不安，纵然知道过些天就可以到手，还担心着夜长梦多。只要念头强烈，她就会立刻去买，无论寒暑、雨雪或日夜，都会勇往直前。那些专门偷东西的女人，也并非什么心理变态，只是混淆了喜欢的东西和要买的东西之间的区别而已。冈田对于阿玉来说，之前只是喜欢的，现在就突然成了想要的了。

阿玉想着如何以帮忙杀蛇这件事为理由，设法接近冈田。开始时，她想让阿梅给对方送一些礼物过去以表谢意。送些藤村点心店的豆包？稀松平常，显得太不高明，而且任谁都会想到。用布给他缝制一副肘垫呢？真的像是涉世未深的小女孩表情达意的东西，冈田会觉得非常可笑吧。她左思右想也想不出什么好主意来。而且即使想好送什么了，让阿梅去送就好了吗？名片倒是前阵子在仲町印了些，但只附名片总觉得不够，总得写点什么吧，但这就难了。自己只读完了小学就不上学了，后来也没多少时间练字，写不出一封像样的信来。隔壁的裁缝师傅在藩府做过事，求她代写一下应该不难，可是自己不想那样做。虽然没想写什么不让人知道的话，但给冈田先生写信这件事，自己就不想让人知道。唉，到底怎么办才好呢？

如同在一条路上来回往返一样，阿玉颠来倒去地谋划这件事。化妆或在厨房做事时，她偶尔会忘了这事，但一旦闲下来，便就又想起来了。有一次末造在这儿，阿玉边倒酒边琢磨这事。末造责怪她道："想什么呢，如此入神？""啊，什么都没想啊。"阿玉装出笑脸，心却怦怦直跳。她这段时间的修为大有进步，如果想隐瞒一件事，就连眼光锐利的末造也难以看穿了。阿玉在末造走后做了一个梦，在梦里她最终买了一盒点心，急急忙忙地吩咐阿梅送去了，过后才发现既没放名片也没写信，心情大为懊恼，然后自己就醒了。

第二天，不知是冈田这一天根本就没出来，还是自己看漏了，反正阿玉没能见到那张令她眷恋的面孔。第三天，冈田又照例从她的窗前路过。他路过窗前时不忘往里瞥一眼，但光线太暗，没看见阿玉。又过了一天，阿玉看看时间，他差不多该来了，于是拿起扫帚，认真扫起了本就非常干净的门内侧来。她穿着一双竹木屐，又拿出一双低齿木屐，时而摆右边，时而摆左边。阿梅从厨房跑过来，叫着："啊，我来扫吧。"她却说："不用，你盯着菜锅，反正闲着，我扫就行了。"说完，就让阿梅回厨房去了。

冈田恰在这时路过这里，他脱帽子致意。阿玉羞红着脸，拿着扫帚呆立住了，说不出话来，眼睁睁地看着他走过去了。阿玉扔了扫帚，就像扔掉一根烫手的火筷子，然后脱下竹木屐，跑进屋去了。

阿玉坐到火盆旁，边拿着火筷子拨弄炭火边想："唉，太傻啦。今天天气凉爽，开窗张望不免有点儿特意为之。所以自作聪明地装着扫地，好不容易等来了他，可关键时候却说不出话来了。我在丈夫面前虽然有时挺难为情，但只要是想说，就绝不会说不出来。面对冈田先生，为什么我就说不出话来了呢？他给我帮了忙，致谢是应该的。错过今日，或许就没机会和他说话了。本来想让阿梅送些礼物的，没有送，见面又不说话，真是无计可施了。唉，那时我为什么说不出来呢？是的，我应该想说来着，只是没想出来说什么。总不能像熟人那样喊人家'冈田先生'，可也不能对着人家喊'喂，喂'的吧。因此，惊慌失措也就说得过去了。即使现在慢慢考虑，也想不出来当时该说什么。不，想这些乱七八糟的干吗，我真是太傻了。不用打招呼，直接跑上前去就好了。那他一定会停下来，只要他停下，我就对他说'前些天那件事，多亏您帮忙'或者说点其他的，不就行了嘛。"

阿玉边想边拨着火。这时，水壶盖顶了起来，阿玉便掀开了壶盖，让热气散了开来。

从那以后，阿玉计划出了两个方案，自己直接和他说话还是委派阿梅去送礼物，令她犹豫不决。傍晚时分的天气渐渐变凉，已经不适合开窗了。以前，阿梅每天早上打扫一次院子，上次事情之后，阿梅开始早晚各打扫一次，而且不要阿玉插手。阿玉推迟了去澡堂的时间，希望在路上能偶遇冈田，可是到无缘坡下澡堂的路实在没多远，不管怎样都很难碰上。并且，随着时日增多，派阿梅送谢礼这事，也变得不宜去做了。

阿玉一度又有了新想法，就是让自己干脆不向他致谢了。她想："从今天开始，我就不向冈田先生道谢了。该谢不谢，是我对他的帮助心存感激。我的感激，想必他也明白。比起不得体的致谢行为，说不定这样反而更好些。"

可是，阿玉仍想以感激之心为开始，尽快与冈田拉近关系。只是她找不到方法和手段，因而每天只能暗自苦思冥想。

阿玉是一个性情刚强的女人，在被末造包养后，短时间内被周围的人明贬暗讽，尝够了给人做妾的苦痛，因此竟然形成了一种冷淡无情的脾性。但她本性善良，又涉世未深，让她自己想法去接近一个在公寓寄宿的大学生，她感到非常棘手。

不久，每当有秋高气爽的日子，阿玉就打开窗户，还会像之前一样和冈田点头致意。先前曾经亲切地谈话，还曾经递送过毛巾，却没有趁此机会继续亲近下去。过后，就像这一切都没有发生一样,情况没有发生丝毫改变。这让阿玉感到十分懊恼。

有时末造来了,阿玉就把火盆放中间,两人相隔而谈,她会想:"如果是冈田先生该多好……"第一次有这样的念头时,阿玉责怪自己不知羞耻。可渐渐地,她能一边应付着末造,一边偷偷地想着冈田。后来,她变得不再理会眼前的末造,而是一门心思想着心中的冈田。她经常在梦中与冈田相聚,不需要任何礼节和程序,两个人就缠绵在一起了。她想着"真开心啊"时,忽然发现对方不是冈田而是末造。梦醒时分,阿玉便有时亢奋得难以入眠,有时烦躁地哭出声来。

不知不觉便到了十一月,一连几天都是小阳春似的天气,开窗也不显眼,阿玉又可以差不多每天见到冈田了。之前几天秋雨不断,天有点冷,她两三天都没见到冈田,心里郁闷不已。只不过她性情温和柔顺,从不无端向女仆发脾气,更不可能对末造展露出一丝不愉快。这种时候,她就将胳膊肘支在火盆边上一言不发,阿梅问她:"您哪里不舒服吗?"可这几天,她每天都能看见冈田,就又难得地快乐起来。这天早上,她感觉异常轻松愉快,便出门到池边的父亲家探望。

阿玉每周必定看望一次父亲,但没有一次能安安心心地待过一个小时。这是因为父亲不想让她多待,每次她来时父亲都表现得非常亲热,把好吃的都拿给她,还让她喝茶吃点心。可是吃完喝完之后,就让她马上回家去。这并不是因为老人性子急,而是他认为,既然把女儿送去伺候人了,就不该让她随便留在自己这里。阿玉也不知是第二次还是第三次来父亲这里时,告诉说丈夫上午肯定不会过去，在这儿多待一会儿也没关系。可父亲就是不同意，说道："他以前可能确实上午没去过，但说不准什么时候有事，现在就过来了。如果你提前告知他，准许你来也倒罢了，像这种外出买东西顺路看看，就不要多待了。如果被他认为你是闲逛去了，那多不好啊。"

阿玉一直担心，如果父亲知道了末造是干什么的，会不会非常伤心难过？可她每次去看望时，看样子父亲还是不知道的。想想也很正常，父亲搬到池边后，没多长时间就开始租书看书，白天还一直戴着眼镜看。他只看一些历史小说和评书话本之类的，这段时间读的是《三河后风土记》，这是个大部头，够他读上一阵子的。租书店推荐的那些传奇小说，他认为都是瞎编的，懒得看一眼。晚上眼睛累了，他便不再看了，而是去说书场听书。父亲听起书来，就不管是真还是假了，相声也听，说唱也听。上野大街的说书场主要讲评书，如果没有他特别爱听的人在，他就不会去了。父亲的娱乐方式只有这些，他不和别人聊天，也就没什么朋友。所以，关于丈夫末造的身份，他也就不得而知了。

即使这样，但搁不住附近有好事之人，见老人住处常有漂亮女人看望，便四处打探她是谁，终于弄清楚了她是放高利贷的小老婆。如果是邻里有嘴贱的，那即使父亲不同别人交往，也避免不了听到一些令人讨厌的闲话。值得庆幸的是，他的一位邻居是博物馆职员，只喜欢舞文弄墨，研习书法；另一位邻居是一位呆板的雕版师傅，这行业如今已然不多，但他墨守成规，就是不肯转行去刻章。所以有了这两位邻居，也就不会破坏父亲的宁静心境。当时,同排房子中有开店做生意的,比如"莲玉庵"荞麦面馆和一家薄脆饼店,再往前,靠近上野大街的拐角处,还有一家卖梳子的"十三屋",除此之外就没有别的店铺了。

父亲听见有人开门进来,不听话音只听鞋响,就知道是阿玉来了。于是,他放下《三河后风土记》,等女儿进屋。摘下眼镜看着女儿可爱的模样,他的兴奋之情便如同过节一样。女儿来时,他一定会摘下眼镜,虽说戴着会看清楚些,但有一层镜片总觉得有隔阂,心里不舒服。他总是有好多话要和女儿说,每当女儿走后,就会发现还有一些忘了说了。但唯有那句问候末造的"他还好吧",父亲从未忘记过。

阿玉见父亲今天的心情很好,便让父亲讲讲阿茶夫人[26]的故事。她吃了父亲拿出来的大薄脆饼。这是在上野大街的"大千住"分店买的,大小足有一尺见方。父亲问了她好几次"还不回去吗",阿玉都笑着答"不要紧",一直待到了将近中午。阿玉想,要是告诉父亲,这段时间末造常会突然到家里来,那父亲一定会催自己赶紧回去的。不知道从什么时候开始,她不再担心自己出门后末造却来了这种情况发生了,而且感觉一点都不在乎了。

---

[26] 阿茶夫人(1555 — 1637)是日本战国时代的传奇女性,德川家康的侧室。据传阿茶夫人弓马娴熟,长于智谋,一直管理德川家的内务,被天皇赐予从一品之位,称"一品尼"。

二十一

天气逐渐变得寒冷起来，通往阿玉家的水池小道上，嵌在地里、供木屐踩踏的木板上面现在落满了白茫茫的寒霜。深水井里吊桶用的长绳凉冰冰的。阿玉心疼女仆阿梅，便给她买了副手套。阿梅觉得在厨房里一会儿戴一会儿摘的，干活太麻烦了，于是就把手套珍藏起来，还是照旧光着手打水。洗衣服和抹布时，阿玉让阿梅使用热水，但阿梅的手还是冻皱了。阿玉看到了，嘱咐她："无论做什么活，手湿了之后都要小心。手从水里拿出来，要赶紧擦干。干完活，也别忘了用香皂洗手。"她特意给阿梅买了一块香皂。即使如此，阿梅的手还是皱得越来越厉害，让阿玉很是心疼。阿玉自己也曾经做过这些活，手却不像阿梅那样的粗糙，这令她非常费解。

阿玉向来就是早上一醒就起床，只不过在这段时间，阿梅经常劝她说"今天水池又冻啦，您再睡会儿吧"，阿玉便会待在被窝里不动。教育家为了让青少年断绝妄念，告诫他们上床后应立刻入睡，醒来就立即起床。如果放任年轻的身体躲在温柔乡里，就易产生幻想，如恶之花遇火怒放一样。这时的阿玉也开始恣意妄想，双眼晶莹流转，从眼睑到脖颈都泛起了红晕，飘飘欲仙。

前一天的晚上天空晴朗，群星闪耀，清晨时分便是满地白霜了。阿玉这些天养成了赖床的毛病，这一天也已经躺了好久了。阿梅早已经打开了窗户，阳光照射进来，阿玉才不得不起床了。她披上棉罩衣，系上细腰带，到檐下刷牙。就在此时，格子门突然被打开了，只听阿梅殷勤地招呼道："您来啦！"接着便是有人进来的脚步声。

"哦，睡懒觉了吗？"末造说着，坐在了火盆前边。

"嗯，真抱歉。您来得真早呀。"阿玉赶忙拿出嘴里的牙刷，把泡沫吐到了水桶里。末造看着阿玉红红的小脸，觉得她这个样子显得更美了。自搬到无缘坡后，末造感觉阿玉一天比一天漂亮，起初喜欢她那可爱的少女样貌，最近她又新添了一种迷人的韵味。末造对她的种种变化明察秋毫，认为她懂得了男女间的风情，而让她产生变化的正是自己，不禁感到分外得意。可笑的是，目光犀利、觉得凡事都能看透的末造，却没有看透自己所爱女人的心思。刚开始，阿玉小心翼翼地伺候自己的丈夫，由于自己身份的剧变，她郁闷过、反思过，后来就有了一种自甘堕落的心理。世上的女人在经历过许多男人之后，心会变得冷淡落寞，阿玉的心情就与此类似。被这样的一颗心所控制，末造感受到一种类似惊喜的刺激，而且，随着阿玉变得自甘堕落，她就逐渐变得放荡起来。末造被她的放荡挑动起了情欲，更加魂不守舍。这一切的变化，末造不知其所以然，只是被那种魅惑的感觉迷失了心窍。

阿玉蹲下身，把铜盆挪过来，说："麻烦您转下头去。"

"凭什么？"末造点了一支金天狗牌香烟。

"人家要洗脸嘛。"

"好啊，那你快洗吧。"

"可是，您就这样看着，人家怎么洗呀？"

"拿你真没办法，这样好了吧？"末造吸着烟，转身背对着檐下，心想：真是太天真了！

阿玉没有脱衣服，只是把领口松开，急匆匆地洗了几下。相较平日里，阿玉今天的打扮就是应付了事，好在她天生丽质，不需要用化妆来遮掩什么瑕疵，被人看到素颜也无妨。

末造先是转过身去，不一会儿便又回身偷看。阿玉洗脸时背对着末造，没有发觉，等洗完后移来化妆台，镜子里便出现了末造叼着香烟的脸。

"啊，您真过分！"阿玉嗔怪道，随后梳起了头发。松开的衣领处，从脖颈到后背露出一块三角形雪白皮肤；她手抬得高高的，柔软丰满的胳膊露至肘上两三寸，这是末造百看不厌的地方。末造心想，如果自己默默等着，怕阿玉会着急，所以故作轻松地说道："不要着急，我一早来，也没什么事情。上次你问我，我说今晚会到这儿来，可现在突然有件事，必须得去一趟千叶。办得顺利的话，明天能回来；如果有麻烦，就可能得后天了。"

阿玉正在梳头，闻听后"呀"了一声，回头时一脸不安的神色。

"你要乖乖等着我哦。"末造戏谑地说，收起了烟盒，接着站起身来，向门口走去。

"呀，您还没喝杯茶呢。"阿玉把梳子丢到匣里，起身送别，末造已经拉开了门。

阿梅从厨房端出早餐，放下餐盘后两手扶地，说道："真抱歉。"

阿玉坐在火盆旁，用火筷子拨开炭灰，笑着说道："怎么了，道什么歉啊？"

"您看，我还没上茶……"

"哦，没什么。我只是跟老爷客气一下，他也没在意。"说完，阿玉拿起了筷子。

阿梅看着正在吃早饭的主人，心想：虽说主人很少不高兴，但今早上为什么显得如此开心呢？刚才还笑着说"道什么歉"，她那泛红的脸上，现在微笑的样子还在呢。阿梅在自己的心里留下了一个"这是什么缘故？"的问题，但单纯的她并没有被这个问题困扰住，她很快被阿玉的好心情感染，自己也开心起来。

阿玉望着阿梅，脸上的愉悦神情越发明显，笑着问道："你想不想回次家？"

阿梅惊讶地瞪大了双眼。当时是明治十几年，当地人还在遵守着江户时代商家的陈规旧律，如果给人家做仆人，即使家在同城，除了正月和七月中的盂兰盆节以外，平日是不能轻易回自己家的。

"今天晚上老爷不会来这儿，你回家后住一晚也可以。"阿玉又说道。

"真的吗？"阿梅这样问道，倒不是她有什么怀疑，只是这个惊喜实在太大了。

"我怎么会骗你呢？我可不做捉弄你这种蠢事。我吃饭不用你收拾了，现在回家就行。在家好好玩一天，晚上就住家里，不过明天可要早点回来呀。"

"好的。"阿梅兴奋得脸色通红。父亲是一名人力车夫，一进门，家里的泥地上摆着两三辆车，一个坐垫勉强摆在衣柜和火盆间。父亲不出门干活时坐在上面，出门后就轮到母亲坐。母亲的鬓发总有落在半边脸上的，肩上的吊袖带非常难解下来。这一幕幕的场景像剪影画一样，在阿梅的小脑瓜里飞快地掠过。

吃完饭后，阿梅还是撤下了餐盘。虽然阿玉说不必收拾，可她觉得无论如何也得把碗筷洗了再走。她在小桶里倒上热水，哗哗地洗着碗筷。阿玉这时拿着一个小纸包出来，说道："啊，不是不让你收拾吗？洗这点东西也不费什么事，我做就好。昨晚你已经梳好头了，这个样子挺好的。赶紧去换衣服吧。我也没什么礼物给你带回去，把这个拿着吧。"阿玉递给阿梅这个纸包，里面是五角钱，就是那种纸牌样子的蓝钞票。

催促阿梅离开后，阿玉利索地系上束袖带，将衣襟掖进腰带，走进了厨房。她像在做什么新奇的事一样，接着洗剩下的碗筷。这种活阿玉本来就经常做，所以她洗起来既干净又快捷，是阿梅比不了的。可是今天，阿玉比小孩子玩玩具还要磨蹭，拿着一只盘子半天都不撒手。她脸上放光，透出淡淡的粉红色，眼睛似乎也在神游大外。

一幕幕无比美妙的幻象萦绕在阿玉的脑海中。说来，女人如果不靠外力独自做决定，自然是犹豫再三、优柔寡断的，让人看着都心疼。但她们如果一旦下定决心，就不会像男人那样瞻前顾后，而是像脱缰野马一般奋勇向前。如果前方有阻碍，男人在深思熟虑后偶尔会退却，而女人却不管不顾。她们往往对男人不敢做的事大胆作为，有时竟会取得意料之外的成功。阿玉想拉近和冈田的关系时，曾经踌躇不前，如果有旁人洞悉她的所思所为，肯定不能忍受她的磨磨蹭蹭。可是今天早上末造过来告知要去千叶的消息之后，她就想立刻化身为一只扬帆起航的小船，向着梦想彼岸飞速行驶。于是，她打发阿梅回了家。末造去了千叶不再碍事，女仆又在父母家过夜，从这一刻直到明天早上，自己都是自由的，谁都妨碍不了她。

　　阿玉心里非常兴奋，她甚至觉得，事情如此顺利，一定是个好兆头，预示着自己的目的一定会达到。今天冈田先生不会不路过这里的。有的时候，他还会来回两趟呢，就算有一次没看见，总不会两次都落空吧。今天不管付出多大代价，一定要和他说上话，自己一定要鼓起勇气开口，他总不至于置若罔闻吧。自己已经堕落成卑贱的小妾了，还是放高利贷者的小妾。可比起还是姑娘时，自己应该变得更漂亮了，肯定没有变丑，而且，因为这糟糕的命运，自己竟然才懂得如何讨男人的欢心，真可谓不幸之中的大幸。从以往看来，冈田先生应该不会讨厌自己的。不，绝对不会讨厌的。否则，他就不会每次见面都脱帽致意了。还有那一天，他帮自己杀死了大青蛇，这也不是谁家出了这种事，他都一定会过去帮忙的。如果不是自己家，有可能冈田先生就会视而不见地走开呢。前思后想，想了这么多，即使不能一切如意，自己的这份心他应该会明白几分的。好啦，"百思不如一试"，也许想着难做、做起来就容易了呢。

阿玉只顾寻思着这件事，小桶里的水都凉透了，她却丝毫没察觉出来。

阿玉把餐具收回碗柜，又坐回到火盆边。她总觉得自己心慌意乱，坐卧不安。早上阿梅已经把火盆里的灰筛细了，她还是拿起了火筷子，随意地拨弄了几下。她忽然站起身来，开始换衣服。她打算去同朋町一个女梳头师那里。平时来她家梳头的女师傅很热心，向她介绍了同朋町的那位师傅，说如果要出门打扮，可以去那里盘发。不过在此之前，阿玉还一次都没去过。

二十二

西方童话里有一个关于一根钉子的故事。具体情节我已记不大清了，大致内容是说一个农夫的儿子乘坐马车出门，车轮上少了一根钉子，并因此造成路途中的种种危险。在我讲的这个故事里，酱炖青花鱼恰与这一根钉子一样起到了异曲同工之效。

我在公寓或学校的宿舍里经常靠"包饭"填饱肚子，时间一久，就会对某些菜肴非常讨厌，一见到便条件反射般浑身不自在。不管是在空气清新的高级餐厅，也不管是用多么漂亮的盘碟装着送上桌，我只要看见那道菜肴，鼻子便仿佛嗅到了宿舍食堂里那种难以忍受的气味。只要炖鱼里有羊栖菜和海藻，我就会产生那种气味的幻觉,如果再加上酱炖,那就超越了我能忍受的极限。

然而这一天的晚饭,居然就是这道酱炖青花鱼。每次饭菜端来,我都会立即动筷。当这道菜端上了上条公寓的饭桌,女仆见我不动筷子,还一副怪模怪样,问道:

"您不喜欢吃青花鱼?"

"我倒不是不喜欢吃青花鱼。别的做法我都不在乎,只有酱炖的无法忍受。"

"啊,老板娘没说呀。那我给您去拿个鸡蛋来吧。"女仆说着就站起身来。

"算了吧。"我说,"我其实还不太饿,先出去散散步吧。你跟老板娘随便说一下,不要告诉她我不喜欢这道菜了,还得让她操心。"

"可这样,就有点儿对不住您啦。"

"没关系的。"

我站起身开始换衣服,女仆便端着餐盘离开了。我对着隔壁叫道:

"喂,冈田君,在不在?"

"在呢,有什么事吗?"那边传来冈田清楚的声音。

"没什么。我想去外边散步,回来时顺便到丰国屋[27]吃饭。

---

[27] 丰国屋是当时东京大学附近有名的牛肉火锅店,位于文京区汤岛。

一起吧？"

"好啊，我正好有事要和你说。"

我取下挂在墙上的帽子，戴好和冈田一起离开了公寓。那时应该是下午四点多钟，我们也没有商量往哪边去，出了公寓大门便不约而同地向右边走了。

快要到无缘坡的下坡位置时，我拿胳膊撞了一下冈田，小声说："看，她在那儿呢。"

"什么呀？"冈田虽然嘴上这样问，但其实早已心领神会，向左边那家的格子门望去。

此时阿玉站在门前。她是那种即使憔悴也依然很美的女人。不过正像通常年少体健的美人那样，她也会精心打扮，把自己装扮得明艳靓丽。这一天的阿玉在我看来似乎有点与往日不同，只是不清楚究竟哪里不同，给人一种美丽异常的感觉。她那艳丽多姿的脸，我甚至感到光芒耀眼。

阿玉那双仿佛藏着千言万语的眼睛，痴痴地盯着冈田。冈田似乎有些窘迫，有些笨拙地摘下帽子点了一下头，然后慌乱地疾走过去了。

作为旁观者的我，毫无顾忌地频频回头观望，只见阿玉还在一直凝望着冈田的背影。

冈田低着头，丝毫没有放慢步伐，一口气走过了无缘坡。我跟在后面不说话，心里各种情绪交织在一起。构成这些情绪的基础，就是我对冈田的换位思考。但我的理智不想被其操纵，试图抹除清零，心里喊道："不，我不是那种卑鄙者！"这种压抑没有奏效,这让我对自己感到很愤慨。我之所以换位思考,并非想接受这个女人的魅惑,而是觉得像冈田那样,被这样的美女眷恋,一定是件娱悦身心的事。那如果被爱的是我,又会怎么样呢?我想自己会保证身心自由,而不是像冈田那样逃走,我一定会停下来和她交谈。虽然不想使自己的清白受损,但我会只是停下与她说话。并且,我会像对自己的妹妹一样给她以爱护和帮助,将她从命运的泥淖中拉出来。我的胡思乱想,最后竟归结于此。

我们两人都一言不发,一直走至坡下的十字路口,再往前过了巡警亭,我终于忍不住了:"喂,情况已经很严重了吧。"

"啊,什么呀?"

"你说什么呀?你肯定也在想那个美女吧。我刚刚回头看了好几回,她一直都在看着你呢。也许这时候还在那里站着,向这边眺望呢。《左传》里有句话,'目逆而送之'。只是现在情况相反了,那美女一直在看你呢。"

"不要说这种话了。我只把那件事说给你听过,你就不要取笑我了。"

我们边说边来到了不忍池边,都停了下来。

"去那边走走吧。"冈田指着不忍池的北边。

"好吧。"我们沿着池子左转,刚走了十来步,便看见了左边并排的两座双层楼宅,自言自语道:"这就是樱痴先生和末造的府院。"

"真是绝妙的对比。不过听说樱痴居士也不很廉洁呢。"

冈田说道。

我立刻反驳道："人一旦成了政治家，不管怎么做，都避免不了被挑剔和责难。"其实我内心里只是想尽量拉大福地先生和末造的距离吧。

从福地宅院的围墙尽头向北走，相隔两三座小房子，有一间像是新挂上了"川鱼"招牌的房子。我说："看这招牌，好像吃的都是这不忍池里的鱼呢。"

"我想也是。但不至于是梁山好汉们开的黑店吧。"

我俩说着话，向池子的北边走去。走过小桥，看到有个学生模样的青年正在岸边向池中张望。他见我们走了过来，连忙打了个招呼，原来是石原同学。他喜欢柔道，除课本之外其他书都不看，所以我和冈田都跟他不算亲近，但也不互相讨厌。

"你站在这儿看什么呢？"我问。

石原没说话，用手指了指池子里。透过黄昏灰色的空气，我们向石原所指的方向看过去。那个时候，从通向根津的小沟亘至我们脚下的水边，都被茂密的芦苇覆盖着。池中央的芦苇叶反而稀疏一些，那里是败絮状残荷、海绵状莲蓬的天地。荷叶与莲蓬的茎干长短不一，本来垂直的一些如今斜立在水中，为池景增添了些许荒凉的情趣。视线从棕黑色的残茎缝隙间穿过，只见十几只大雁漫游在暗影浮动的黑色水面上，其中也有静止不动的。

"你说，你能把石头扔到那边去吗？"石原看看冈田问道。

"扔肯定能扔到，但不一定能打中。"冈田答道。

"那就试试吧。"

冈田有些犹豫:"它们已经休息了,再扔石头过去打扰它们,于心不忍吧。"

石原笑道:"多愁善感也是个坏毛病。你如果不扔,那我扔。"

冈田不情愿地拾起一块小石头,说道:"那就让我把它们吓跑吧。"随着"嗖"的一声轻响,小石头飞了出去。我盯着飞去的方向,只见一只大雁本来仰着的脖颈突然耷拉下去,几只大雁同时拍打着翅膀大声鸣叫,划着水面四散游开了,不过它们并没有飞起来。耷拉着脖颈的那只大雁,在原地一动不动了。

石原大叫:"打中啦!"他观望了一下池面,接着说:"那只雁我去取来,到时你们帮一下忙吧。"

"怎么取?"冈田问道。我也想知道,便竖起了耳朵仔细听。

石原说道:"现在不行,等再过半个小时,天完全黑下来了。只要天色一黑,我就能轻而易举地取来。你们不用动手,只要在这儿帮我一下就行。到时把它烧好了一起吃。"

"真有趣。"冈田说道,"只是还要等,这半小时怎么打发啊?"

"我就在附近转转,你们随便走吧。三个人凑到一起,有点显眼了。"

我对冈田说:"那好吧,咱们围着池子走一圈吧。"

"好啊。"冈田说完,便迈开步伐走了。

二十三

我和冈田穿过花园町的一边，向东照宫的石阶方向走去。一时之间，我俩都没有开口说话。这时，冈田忽然自言自语地说道："那只大雁太不幸了。"听了这句话，我的想象中毫无征兆地浮现出无缘坡的那个女人。"我只是朝它在的方向扔了一块石头。"冈田这会儿是对着我说的。

"是呀。"我应了一声，还在想着那个女人的事。过了一会儿，我说："不过，我倒很想看看石原如何去取大雁。"这次轮到冈田应声了，他仿佛有什么心事，一直向前走着。可能是他还在念念不忘那只大雁吧。

我们下了台阶转向南，朝辩才天女神社的方向走去。大雁之死，仿佛给我俩在心头蒙上了一层阴影，彼此的谈话也一再被沉默隔断。路过辩才天女神社前的牌坊时，冈田好像试图平复自己的心绪，开口说道："我有件事是要告诉你的。"于是，我听到那个让我感到非常意外的消息。

冈田要说的事是这样的。他原本打算今天夜里到我的房间里去说，正好我邀他外出吃饭，我俩就一起出门了。出来后，他又打算在吃饭时说，但如今看来也怕是不行了，只好边走边简要说一下。原来，他决定不等大学毕业便出国深造，并且已经向外务省申领了护照，还向学校提交了退学申请，这都是因为来自德国的W教授聘用了他。W教授是专门到日本来研究东洋风土病的，现在想找一位助手陪他回国，答应给对方提供四千马克的往返旅费及每月两百马克的津贴。于是，他委托校内的贝尔茨教授，帮他物色一位既懂德语又能流利解读汉文的学生，对方便推荐了冈田。冈田在W教授位于筑地的寓所里拜访了他，并接受了考试。题目是翻译两三行的《素问》和《难经》与五六行的《伤寒论》《病源候论》。事不凑巧，《难经》考的是《三焦》的一段，冈田不知如何翻译"三焦"，最后只是音译为"chiao"。幸好考试合格通过，并当场签订了合同。W先生是莱比锡大学的教授，那里也就是贝尔茨教授的教籍所在地，他会把冈田带去莱比锡，并在那里安排他参加医师考试，他的毕业论文使用为W教授翻译的东洋文献资料即可。冈田明天就要离开上条公寓，搬到W教授的筑地寓所了，在那里将W教授收集购买的中日书籍整理打包。然后，他再跟随W教授去九州调研，在那里直接乘坐法国海运公司的轮船跨洋西行。

当时我不时停下来，嘟囔一句"太意外了"或"你真勇敢"。我们边行边谈，等他说完看表，距离我们与石原分开竟然只过了十分钟。我们已围绕不忍池走了三分之二，眼看就过了仲町后面的池边。

"这时过去有点太早了。"我说。

"那我们去莲玉庵吃一碗荞麦面吧。"冈田提议道。

我立即表示同意，于是一起朝莲玉庵的方向往回走。当时，莲玉庵是从下谷到本乡一带最有名的荞麦面馆。

冈田一边吃着荞麦面,一边说:"辛辛苦苦攻读到现在,却不能毕业,的确会有遗憾。但有失必有得,游学欧洲的机会可遇不可求,能遇到我就一定要抓住,毕竟官费留学的名额里不会有我。"

"那是当然,机不可失,失不再来。相比能去欧洲,毕业又算什么呢?如果能在那边考上医师,也是一样的。退一步说,即使不能成为医师也没什么的,是吧?"

"我也是这样想的,医师只是一个资格证书而已。有道是'未能免俗,聊复尔耳'。"

"准备好行装了吗?真是太匆忙啦。"

"行装不用准备。W教授告诉我,这样过去就行。他还说,在日本做的西装到了那边也没法穿。"

"是这样的吗?记得有一回在《花月新志》上看见,说成岛柳北[28]在横滨偶然心血来潮,当场下决心,坐上船说走就走了。"

"嗯,我也看了。据说成岛柳北连封信都没留就一走了之了,我倒是写家信详细说明了。"

"是啊,真羡慕你,跟着W教授,路途中也就没什么可担心的了,但漫长的旅途如何安排呢?我想象不出来。"

"我也不知道该怎么做。不过,昨天我去拜访了柴田承桂

---

[28] 成岛柳北(1837—1884),日本汉诗人、时事评论家,《花月新志》就是他在1877年创刊的。

先生，之前就一直蒙他照顾。我把这件事告诉了他，他把一本自己写的欧洲旅行指南送给了我。"

"哦，还有这种书？"

"是啊，这种书不卖，据说只发给那些第一次出国留学的乡巴佬看。"

我们说了这些话，又看看表，还差五分钟。于是，我们连忙走出了莲玉庵，赶往石原处。这时，暮霭笼罩在池水之上，朱漆的辩才天女神社在水波之中若隐若现。

石原正等在那里，他把我们拉到池边，说："时候刚好。那些活着的大雁都换地方睡去了。我这就去取，你们待在这儿，帮我指方向。看着，离这儿五六米远有一片荷叶，茎向右弯，顺着前望，有一片矮点的荷叶，茎向左弯。我得顺着那个方向一直往前走，如果偏了，你们就得告诉我该往左还是往右，帮我纠正。"

"好啊。这就是视差原理吧。但是，水不深吗？"冈田说。

"不深，不必担心，腰能直起来。"石原利索地脱起衣来。

石原踏进池中，淤泥只没到了他的膝盖上边。他像白鹭一样抬起腿又放下，一步步地往前挪。池底时深时浅，他转眼间就已越过了那两枝荷茎。过了片刻，冈田嘴里说着"往右"，他便向右走；冈田又指挥"往左"，原来他走过了。突然，石原停下弯下腰去。随后，他马上原路返回。当石原走过那两枝荷茎时，我们看见了他右手提着的猎物。

石原上了岸，大腿上只有半截沾上了泥。猎物比想象的还要大很多。他匆匆洗了几下腿脚，便开始穿衣服。这时周围鲜有行人，在他去取大雁的整个过程中，都没有一个人经过。

"怎么把它拿走啊？"我问道。

石原边穿裤子边说："冈田的斗篷最大，塞斗篷下边带走。到我住处去收拾吧。"

石原租的是一间普通人家的房子。房东老太太的人品不怎么样，但也有可取之处，比如只要把猎物分她一点，她就不会到处乱说。从汤岛新开路到岩崎府院后边之间有一条弯曲小巷，那户人家就在曲巷深处。

石原简要说明了路线，从这里到石原住处有两条路线，一条从南进新开路，一条从北走过无缘坡。如果以岩崎府院为中心点画一个圆，那两条路线就差不多远。不过这时距离不是问题，途中的巡警亭是个麻烦，两条路线上都有一处。权衡之后，我们决定还是避开喧闹的新开路，走比较安静的无缘坡。至于猎物大雁，就让冈田塞在斗篷下，其他两人在他左右帮他遮挡，这就是最好的办法了。

冈田无奈苦笑了一下，只好拿起了大雁。无论如何，大雁的翅膀都从斗篷下面露出一点。而且斗篷的下摆撑得太大，冈田看上去就像一个圆锥。石原和我必须想方设法让他不惹人注目才好。

二十四

"好啦，就这样走吧。"说着，石原和我把冈田夹在中间就上路了。刚开始时，我们仨非常担心无缘坡下路口处的巡警亭。关于经过那里时该保持何种心理，石原发表了一番高谈阔论。记得他说，不能心慌意乱，心慌就会有破绽，有破绽就会让他人占据主动。他还用上了猛虎不吃醉汉的比喻，很可能是从柔道师父那里听来的，然后照搬来给我们听。

"按你说的，那巡警是老虎，我们仨就是醉汉喽。"冈田揶揄道。

"不要出声！"石原小声叫道。我们已经快到拐角处，该走上无缘坡了。

从拐角转过去是一条小街，一边是茅町临街店铺的后门，一边是不忍池边宅院的后门，当时的路两侧放置了许多板车和其他杂物。从拐角位置就可以看到，有位巡警正站在十字路口。

石原走到冈田的左边，他这时忽然问冈田："你知道圆锥体的体积计算公式吗？哦，不知道啊？很简单，就是三分之一的底面积乘以高。底面积是个圆，那体积公式就是 $1/3 \pi r^2 h$。记住 $\pi=3.1416$，算起来就容易了。我能记住 π 的小数点后八位，$\pi=3.14159265$。再往后的小数，就没多大必要死记硬背了。"

他边走边唠叨着，我们便走过了十字路口。巡警站在亭前，就是我们经过的那条小街左侧，他正盯着一辆从茅町赶往根津方向的人力车，对我们只是不经意地瞥了一眼。

"怎么算起圆锥体的体积来了？"我问石原。就在此时，我认出了呆立在无缘坡半坡上、向这儿张望的女人，心里顿时感受到一种奇异的悸动。在从不忍池北往回走的路上，比起巡警，我更多的倒是在想这个女人。不知为什么，我一直觉得她在等冈田。果然，我的直觉没有骗我，女人没有在自家的门口，而是在往前两三户人家的地方等候着。

我的目光掠过石原，看了一下女人，又看了一下冈田。冈田一向脸色红润，但这时的他脸庞却红得发涨。他的手放到帽檐处，好像要去动一下帽子。女人的脸凝固成石像，一双瞪大的眼睛之中，仿佛隐藏着无限的遗憾！

我这个时候听到了石原的回答，他的声音如风吹过耳旁，没有在我脑中留下一丝痕迹。石原好像是在解释，因为冈田斗篷鼓起的下摆看上去像个圆锥，让他联想到圆锥的计算公式。

石原也看见了那个女人，他可能觉得只是个"美人"，并没有在意，嘴里仍然滔滔不绝："我给你们讲讲不动心的秘诀吧，但你们平常没有修行，突然面临不测，恐怕也难以奏效。所以我想了个办法，能让你们的心思不会发散。其实，什么话题都一样，因为刚才的缘故，我提出了圆锥体积公式。总之，我的办法不错吧。幸好有圆锥体积公式，路过巡警面前时，我们才能够保持自然不乱。"

三个人顺着岩崎的府院，来到向东转的拐角处。从这里拐进一条小巷，巷子窄得无法错开两辆人力车。到了这儿，可以说是平安到家了。石原从冈田身边离开，上前带路。我又回头看了一眼，那个女人的身影已然不见了。

当晚，我和冈田一直在石原住处逗留至深夜。其实，我俩只是陪衬，把大雁当下酒菜的石原才是酒桌上的主角。关于出国留学的事，冈田只字未提。我虽然有很多话想说，但也只能忍住，听石原和冈田聊赛艇比赛的经历。

回到上条公寓后，我感到非常疲倦，再加上不胜酒力，没有和冈田说几句话，便分开去睡了。第二天，我从学校回来，冈田已经离开了这里。

如同一根钉子可以触发种种险情，上条公寓晚饭桌上的一道酱炖青花鱼，就让冈田与阿玉再无见面的机会。这个故事不尽于此。只是，自那之后的事，已经超出了这个"雁"故事的范畴。

我现在写下来的这个故事，屈指算来，已经过去了三十五个春秋。故事的一半，是我在与冈田交往的时光中所见；剩下的另一半，则是在冈田走后我意外与阿玉结识，从她那里得来的听闻。立体镜下的左右两张图片，在我们眼中就会被合成一张图像。同理，我把之前所见与之后所闻彼此对应，便合成了这个故事。也许有读者会问我："你如何与阿玉相识？又于何等情景中听她述说？"但正如我刚才所说，这一问题的回复，已超出了本故事的范畴。只是，毋庸多言，我并不具备当阿玉情人的条件，所以还请读者切勿妄加猜测。

山椒大夫

1914年1月

在春日经越后[1]前往今津的道路上，有几位引人注目的赶路者：一位年逾三十的母亲带着两个孩子，姐姐十四，弟弟十二，一个四十上下的女仆紧随他们身旁。女仆正在宽慰早已疲态尽显的姐弟俩："马上就可以找到客店歇脚了。"希望这样能鼓励两个孩子继续行进。其中的姐姐看上去已经几乎迈不开腿了，但仍显得非常好强，为了不让其他人看出自己的疲惫，不时地像是想起了什么，故意努力迈着大步向他们炫耀。这几位旅人看起来像是来附近进香的，可是头戴斗笠，手持拄杖，分明一副远行的模样，任人见之称奇，不禁心生怜悯。

道路的两侧，稀稀拉拉地分散着许多农家院落。路上的沙石被秋季的暖阳晒得干亮，已经与泥土密不可分，显得坚实可靠，

---

〔1〕 越后，日本古国名，领域范围相当于现在的新潟县。

走在上面不会像在海滩上那样每一步都险要没入脚踝,令人烦恼不堪。

一个偌大庭院里排列着几间茅屋,柞树环绕四周,他们路过之时正好这里铺满了晚霞。

"你们快来看,好美的红叶啊!"走在前面的母亲指着不远处,对两个孩子说道。

姐弟俩望向妈妈指的方向,一声不吭,女仆却说道:"红叶红成这样,怪不得早晚的天气这么凉了。"

姐姐忽然回头,对弟弟说道:"真想立刻就到爸爸那儿呀!"

"姐姐,路途还长,恐怕一时半会儿到不了吧。"弟弟答道,一副聪明伶俐的样子。

母亲貌似晓之以理:"当然了,还要翻过许多像之前已经翻过的那样的山,还要坐许多次船渡过许多条江河才能到呢。咱们每天都要非常努力地一步步地走啊!"

"我就只是想想而已嘛!"姐姐嘟囔着。一时无话,他们继续赶路。

这时,对面走来一个挑着空桶的女工,一看就是从盐田返家的挑水工。女仆连忙上去问话:"烦问一下,这里有没有供行路人投宿的人家啊?"

挑水女工停下来,看了一眼他们,然后说道:"哎哟,可怜啊!天黑走到这儿真不凑巧,这儿还真没有能让人投宿的人家呀!"

女仆说:"哎呀,真的呀?这里的民风为什么这么冷漠呢?"

两个孩子见她们谈话的语调越来越急,便凑到挑水女工的身旁,和女仆一起像要将她包围了一样。

挑水女工说:"不是这样的。我们这儿原来信佛的人很多,风气很好。可因为太守老爷下了法令,没办法呀。就在那里,"她说着指向自己刚刚走过的路,"在那儿就能看到,那边的桥边上有一块告示牌。那上面讲得很清楚,说这些天有可恶的人贩子在附近一带出没,所以凡是收留投宿者的人家都会被定罪,而且七户邻居也要受到连坐处罚!"

"这可真是难为人啊。我们带着孩子出门,走不了远路。麻烦请帮我们想想还有其他办法吗?"

"这样吧。你们往前走到我上工的盐田附近,差不多就天黑了,只能在那儿找个地方待一晚上,也没有其他的办法了。照我说,你们住到那边的桥下就行。那儿有石墙靠着河岸,河滩上还立着很多木材,都是从上游荒川上流下来的。白天常有孩子在那儿玩耍,但里面也有阳光照不到的地方,那儿怕是风也吹不进去。我就住在盐田老板家那里,就在那一片柞树林。等晚上我再给你们送些稻草和草垫子过去吧。"

母亲本来站在一旁听他们说话,这时走上前来对挑水女工说道:"遇上你这样一位好人,真是我们的福分。今晚我们就在那儿歇息了,烦扰你能捎些稻草和草垫子来,能让孩子们铺盖在身上。"

挑水女工答应后,就走向了柞树林。他们四人也连忙向大桥的方向走去。

一行人走到了横亘在荒川上的应化桥边。果然如挑水女工所说，桥边立有一块新告示牌，上面贴着太守的法令，内容和她说的分毫不差。

倘若是为了防止人贩子出没，那只需要审查追捕那些人贩子即可。太守为何要制定这种不许人家留宿过路人的法令，害得他们暮色降临来到此处却只能流落街头呢？这个法令真是荒诞无理，害人匪浅。但在以前的人眼里，法令终归是法令。孩子的母亲只能哀叹时运不济，偏偏此时来到有这种法令的地方，却并不曾去想这法令本身是否合情合理。

桥头有一条洗衣妇下往河滩走的路。他们顺着这条路走上河滩。那里果然有许多木材斜靠在石墙上。他们沿着石墙，钻进木材下面的缝隙。

男孩觉得好玩，抢先冲了进去。钻到深处，有一处像洞穴般的地方。下面横贯着一根大木头，像一张床铺摆在那里。

男孩子上前先爬上那根横木，爬到最里处喊道："姐姐，快来！"

姐姐低着头走向弟弟那儿。"哟，等一等。"女仆说着，摘下了背上的包袱，从里面拿出了换洗衣服，叫俩孩子先站一旁，把衣服在角落里铺好，然后才让他们母子坐上去。

母亲刚一坐下，两个孩子就分从两边枕在她身上。自从离开岩代[2]信夫郡的家,主仆四人一路跋涉,虽然之前都是在房子里,但也曾在比这木头背阴处更为荒凉的地方休息过。他们已经逐渐适应了路途上的种种不便,并不觉得多么艰苦。

女仆从包袱里拿出来的并不只有衣服,还有随身携带的食物。她把这些食物放在母子三人面前,说:"为了防止歹人找到这儿来,所以不能在这里生火。我先到那个盐田的老板家去一下,讨要一些开水来吧,顺便也向他借些稻草和草垫子。"

女仆不顾自身劳累,没作停留就出去了。两个孩子兴奋地开始吃起摆列好的爆米脆饼和水果干来。

过了一会儿,突然传来一阵钻进木头背阴处的脚步声。"是竹妈吗?"

竹妈是这位女仆的名字。母亲说完,心里不禁犯疑:她如果是去到柞树林那边再走回来,也不免太快了些吧。

钻进来的是一个男人,四十岁上下,身强体壮,手臂上的筋肉好像要蹦出来似的。他那象牙雕刻人偶般的漂亮脸蛋上堆满笑容,手里还握着一串佛珠。仿佛是回到了自己的家里,他轻车熟路地走过母子三人待着的地方,在木头的另一端坐了下来。

母子三人惊讶地看着,见他的样子也不像什么为非作歹的坏人,因此心里也没感到害怕。

那个男人坐好之后,说道:"我是一个驾船的,名字叫山

---

[2] 岩代,日本古国名,区域约为今福岛县的西半部。

冈大夫。因为人贩子近些日子经常在这里出现，所以太守下令禁止家家户户留宿赶路人。他们对抓捕人贩子无能为力，只能迫害那些可怜的过路人。我就看不惯这样，打算帮帮像你们这样的。我的家离大道很远，即使有人偷偷地投宿也不会有人知道。于是，我就在路人有可能露宿的树林或桥下四处寻找，这些日子已经领了许多人回家了。我看你的孩子在这儿只能吃一些点心，这既不能填饱肚子又对牙齿不好。不如去我家那里吧，虽然没什么好招待的，请你们喝点山芋粥还是可以的。不必客气，这就来吧。"这个男人既像是极力邀请，又仿佛只是在自言自语。

孩子的母亲仔细听完他的这番话，对于这种不惜违犯上令而与人方便的可贵心意，心里不免有所触动，于是低声说道："听了您的言语，感觉您的品行真是值得我们钦佩。我还是担心借宿人家违反了禁令，或者上门会给房东带去麻烦。虽然我在哪里都无所谓，但是能让孩子们喝上一口热粥，在房檐下面安心睡上一晚，这种恩情我就一生难忘了。"

山冈大夫点点头说："夫人真是通情达理，那么就请随我马上去我家吧。"说完就要起身。

母亲面露难色，歉疚地说："烦您稍等片刻。我们三人给您添麻烦就已非常过意不去，但我不知道如何开口，其实我们还有一个同伴没有回来哩。"

山冈大夫立刻竖起了耳朵，问道："还有同伴？是男的还是女的？"

"一个照顾孩子的女仆，她去沿大道往返不足　里的地方讨些开水,这会儿也该回来了。"

"哦,是女仆啊!那就等一等她吧。"在山冈大夫那沉稳而捉摸不透的脸上,似乎有一丝得意的神情转瞬即逝。

直江渡口。朝阳隐于米山之后。深蓝色的汪洋被一层薄雾笼罩。

一个艄公站在船头在解船缆,他已经把几位乘客在船上安置好。艄公便是山冈大夫,乘客也便是昨晚寄宿在他家的主仆一家。

那位母亲带着两个孩子和山冈大夫在应化桥下遇见彼此。他们等女仆竹妈用带有缺口的瓶子讨回开水后,便一起去大夫家借宿了。竹妈跟在他们后面,神色不安。山冈大夫把主仆四人安顿在大道南侧松林中的草棚内,请他们喝了山芋粥,然后询问了他们之前的际遇。母亲先将疲倦的孩子们哄睡着,接下来在淡淡的灯光下,向大夫述说了自己的境况:

"我原本是岩代人。丈夫去往筑紫[3]后长年不归,所以我才带着两个孩子出门去寻找他。竹妈是我大女儿出生后就来帮我看孩子的女仆,孤苦无依,也就跟着我们一起踏上了这前途未卜的茫茫旅程。

"可虽然已经到了这里,但我一想到还要前去筑紫,这就好比刚刚走出家门迈出第一步。再往前是应走陆路,还是该走

---

[3] 筑紫,九州古称,也指筑前或筑后。

水路呢？您既然是位驾船的，一定对此知之甚多。我和孩子们请您指点一下迷津。"

山冈大夫如同被咨询到自己的行事专业一样，不假思索地劝说他们去走水路。

"如果取陆路，即使要进入紧邻的越中国[4]的交界，也有一处名为'父子两不顾'的险要之处。怒涛巨浪拍打着陡石峭壁的脚下。过路人要钻到岩洞里去，等着波涛退去后再抓紧时机从窄壁下的小路上跑过去。这个时候父亲不能照顾儿子，儿子也没时间顾及父亲。这就是海边的险要之地。你们如果要翻山，也就有可能会踩到某一块松石，这就会造成掉落万丈悬崖的险境。你要到西国去，不知道要经过多少处这样的险关。和这相反，走水路却非常安全。只要你能请到一个技能可靠的艄公，就能平稳地航行千百里。我自己虽然不能去往西国，但我认识各地的船老大，可以用我的船把你们送过去，再让你们换乘其他船只去西国。明天早上咱们就可以出发上路。"山冈大夫随口就对她介绍了这些情况。

黎明时分，山冈大夫就召唤他们出门上了路。这时，那位母亲从布包里取出一些钱来，打算付给他昨晚的住宿费。山冈大夫婉言谢绝了，但他说那个装钱的贵重布包他可以代为保管，说带着贵重东西住店就要把东西交给店主，乘船也该交给船主。自从山冈大夫最初答应帮助他们之后，孩子的母亲就开始对他

---

[4] 越中国，日本古国名，其范围相当于现在日本北陆道的富山县。

逐渐不得不言听计从了起来。虽然她对山冈大夫不惜违法收留他们心存感激，但她还没有到凡事都听信他、任他摆布的地步。之所以事情发展成这样，只因为山冈大夫的言行开始有一种强迫的力量，而这位软弱的母亲无力抗拒的缘故。之所以无力抗拒，又是因为她心中有一种恐惧使然。但是她又并不认为自己害怕大夫，只是捉摸不定自己的心思。

母亲在无可奈何之下登上了船。俩孩子好奇地看着像铺着蓝色地毯般的平静海面，兴高采烈地跑着上了船。只有女仆竹妈，从昨晚离开桥下时始，到现在登船时止，脸上那惶恐不安的表情就从没有消失过。

山冈大夫解掉了船缆，用竹篙朝海岸一撑，小船便晃晃悠悠地漂离远去。

山冈大夫沿岸向南短暂地航行了一段，然后把船朝向越中国境方向驶去。海上的薄雾渐渐消散了，碧空之下波光粼粼。

在荒无人烟的岩石后面，有一个波涛拍岸、水卷海鲜的地方，在那里停着两只小船。一个艄公看到了山冈大夫，就喊道："怎么样，有没有？"

山冈大夫把自己的右手举起来，将大拇指弯下去给他们看，然后他也把船系到了岸边。只把大拇指弯曲，是代表四个人的暗号。

先前的那个艄公名叫宫崎三郎，越中宫崎人。他把左手的拳头伸开给对方看。正像右手是货物暗号一样，左手则是钱的暗号。他的手势是给价五千文的意思。

"我加价！"另一个艄公嚷道，猛地伸出左臂，先张开五指，再竖起食指来。这个男人名叫佐渡二郎，他出价六千文。

"敢抢我生意！"宫崎叫嚷着摆出了要打架的架势。

"抢的就是你！"佐渡也摆开了架势。两只船晃悠了起来，船舷拍起了水花。

山冈大夫冷冷地看了看他们两人的脸，说道："不要慌！哪个也不会让你们空手而归。为了不让客人被挤，每只船上只坐两个人，脚钱按后边的价格平摊。"他这么一说，又回头对客人们说："来吧，每条船上只能搭载两个人。这都是去往西国的便船。船载重了就走不快了。"

山冈大夫亲手把两个孩子送到了宫崎船上，又把母亲和竹妈送上了佐渡的船。在移交时，宫崎和佐渡各把几串钱塞到了他的手中。

"主人，您存在房东那里的钱布包呢？"当竹妈拉着主人的袖子询问时，山冈大夫已经把船一撑荡走了。

"就在这里告辞了。从可靠人移交到可靠人，这就完成了我的任务。愿你们一路顺风！"

橹声急促，山冈大夫的船眼看着越行越远。母亲问佐渡说："我们是走一条路，到一个港口去的吧？"

佐渡和宫崎互相对望了一眼，放声大笑起来。然后佐渡说道："莲华蜂寺的老和尚不是说过'所乘普渡船，同达到彼岸'吗！"

两个艄公再也不肯说话，只顾低头撑船。佐渡二郎向北摇去，宫崎三郎朝南荡开。"哎呀,哎呀!"母子主仆四个人彼此喊叫着,但也只能越离越远了。

母亲发狂一般用手抓着船舷,伸长身体喊道:"事已至此,无法可救啦,咱们这就分离吧!安寿,你要好好收管好护身的地藏菩萨。厨子王,你要把你爸爸留给你的护刀收藏好!你们俩千万不要分开呀!"安寿是姐姐的名字,厨子王是弟弟的名字。

两个孩子只能不住地喊:"妈妈!妈妈!"

两只船越离越远。后来只能望见孩子张开的小口,像两只嗷嗷待哺的小鸡,却再也听不到喊声了。

女仆竹妈向佐渡二郎说道:"船家,请问……"可是佐渡根本不理她,于是她只好抱住他那松树干般的大腿哀求起来:"船老爷,这到底是怎么一回事啊?离开了那小姐和少爷,您可叫我往哪儿去呀!太太也是一样的呀!以后她还能靠什么活下去呢!求求您,往那条船去的方向摇过去吧,您积点德吧!"

"讨厌的东西!"佐渡往后一脚踢去。竹妈向船舱倒去,蓬乱的头发挂在了船舷上。

竹妈站起身来,喊道:"唉,这就结束吧。太太,请原谅我啊!"说完,就一头倒栽进了大海。

"哎呀!"佐渡大叫着伸出手臂,但已经来不及抓住了。

母亲脱下了外衣,捧到佐渡面前,说道:"这件粗布衣服,就算是报答你的心意吧。我在这里也要告辞了。"说着把手搭在了船舷之上。

"胡说八道!"佐渡一手抓住她的头发把她撂倒,"怎么能让你也去寻死！你可是一笔值钱的货色啊！"佐渡二郎拿出绳索，把这位可怜的母亲绑得紧紧的，丢进了船舱，然后一路向北驶去。

宫崎三郎的船，载着不停喊着"妈妈！妈妈！"的姐弟两人，一直沿着海岸向南驶。

"不要叫啦！"宫崎吆喝道，"就算海底的鱼虾能听见，那娘儿们也听不到。那俩娘儿们被送去佐渡[5]了，可能会帮人家在田里赶个鸟儿什么的吧。"

安寿和厨子王姐弟俩抱在一起痛哭起来。不管是离开家乡还是出门远行，本来以为总会和母亲在一起，不料现在却被生生拆散，两个人当然不知道怎样才好了。他们只能满怀悲愤，无法想象这次离别对彼此的命运意味如何。

中午时分，宫崎拿出糯米糕，分别给了安寿和厨子王每人一块。两个人手里拿着糕却吃不下去，只是相对啜泣。夜晚来临，两人在宫崎给他们盖的草席下哭着睡着了。

两个人就这样在船上度过了无数个日日夜夜，随着宫崎走遍了越中、能登、越前、若狭等国的岸边港口，到处寻找买主。但是因为两人都还年小体弱，没有人轻易肯买。即使偶尔有人想买，给的价钱又实在太低。因此，宫崎情绪变得越来越坏，经常对他们喊道："还哭不够吗！"便开始动手殴打他们。

---

〔5〕佐渡，旧国名，在北陆地方北面海中的一个岛。

这一日，宫崎将船辗转驶到了丹后[6]的由良港口。此地有一个名叫山椒大夫的大财主，在石浦修盖了一所大宅院。在他的属地，田里种植谷物，山上有人打猎，海中有人捕鱼。他使唤着各种各样的工匠为他劳作，饲养桑蚕，纺纱织布，制造铁器、陶瓷、木器等，各行各业应有尽有，有再多的人他也肯买下来。宫崎一向都是把在别处找不到买主的"货色"，全部送到他这里来。派到港口办事的大夫管家，立即用七千文把安寿和厨子王买了下来。

"哎呀呀，把这两个息子[7]处理掉，总算轻松啦！"说完，宫崎三郎把钱揣进怀里，就钻进了码头边上的酒馆内。

山椒大夫的庭院大厅内由用双手都难以搂抱的圆柱排列建成，地面还砌有一个六尺见方的地炉，炭火旺盛。在此对面铺有三层褥垫，山椒大夫坐在上面，单手倚着肘几[8]。两个儿子二郎和三郎分坐左右，像两只石狮拱卫在他身旁。他本来有三个儿子，大儿子太郎十六岁时，眼见一个企图逃跑的家奴被抓回来，被他父亲在额头烫上烙印，看完他一言不发，忽然跑出了家门，从此不知去向。这件事已经距此十九年。

管家把安寿、厨子王带到山椒大夫面前，并让他们行礼。

---

[6] 丹后，古国名，在今京都府北部。
[7] 息子，养子，特指没有血缘关系的儿子或侄子。
[8] 肘几，日本人跪坐时，把胳膊肘儿放在上面的长木几。

两个孩子像没听见管家说什么，只是瞪大双眼望着山椒大夫的大头。今年已经六十岁的山椒大夫，脸似朱漆，额宽颌大，须发皆白。俩孩子与其说是恐惧，不如说是好奇地盯着他看。

山椒大夫说道："买来的孩子就是他俩吧？说是和从前买来的奴才不一样，比较罕见，派什么活儿好呢？所以我才叫你们领来给我看看。原来就是两个面色惨白、身体瘦弱的小孩儿嘛！派什么活儿好，我也说不清楚。"

三郎从一旁插嘴说了话。虽说他是最小的孩子，但也已经三十岁了。"父亲大人，打刚才我就一直盯着他俩，叫行礼也不行礼，和别的不同，连个名都不报。看上去虽然虚弱，倒是脾气顽固呢。刚开始做工，当然是男的去砍柴，女的去挑水。您看就这样决定吧。"

"如您所说，他们对我也不肯报自己的名字。"管家说。

山椒大夫嘲讽道："像两个蠢东西，我给他们取名字吧。女的叫忍受病苦的忍草，弟弟叫忘我名字的忘草。忍草到海滩，每天挑三担海水。忘草上山，每天砍三担柴。看在你们身体弱小的分儿上，分量可以先减轻些。"

三郎说："这已经是格外照顾了。喂，管家，把他们领下去吧，教给他们如何干活。"

管家把两个孩子领到了学徒棚屋。给安寿发了木桶和瓢，给厨子王发了筐子和镰刀，还有每人一个午饭木盒。学徒棚屋和别的奴婢住处不在一起。

管家走出来时，四周已经暗淡下米。这个小屋里连个灯光也没有。

次日清晨,天气异常的寒冷。昨晚棚屋的被子过于脏臭,厨子王只好找了些粗草席来,和姐姐就像在船上一样,两人盖着草席睡了一晚。

厨子王照昨天管家教的那样,拿着饭盒到厨房去领饭菜。屋顶和地面散落的稻草上都包上了一层白霜。厨房是一间大土房,有很多奴婢已经在这儿等着了。领饭处男女是分开的,可是厨子王想要帮姐姐领一份儿,结果挨了一顿骂。他只好向打饭的师傅发誓,说明天一定和姐姐分开来领,这才除了自己的饭盒,又多领了两份装在木盒里的稠粥和装在木碗里的汤。粥还是加了盐煮的。

姐弟两人一边吃着早饭,一边互相打气:既然已经沦落到这个地步,也只好先向命运低头,然后再想其他办法。于是,安寿走向海滩,厨子王准备爬山。他们一起走出了山椒大夫宅院的三门、二门和大门,踏着寒霜,彼此不断回头张望,最终不得不挥手各奔东西。

厨子王要爬的山是良山的山麓,他从石浦稍微南行,然后开始攀登。砍柴的地方离山麓并不算远,走过几处裸露着紫色岩石的地方,就到了一块比较开阔的平地,这里木丛浓密。

厨子王站在杂木丛中,望向四周。他不知道如何砍柴,一时之间手足无措。白霜在朝日的照射下开始消融,铺满了落叶的地面如同毯垫,他脸色茫然地坐到上面,任时光一点点流逝。

终于，他勉强站起身来，挥刀砍下了一两根树枝，却又不小心把手指给弄伤了。他颓然坐回到落叶上，心想：山上都是这么寒冷，那姐姐去海滩那里，被海风吹着更不知道有多冷呢。想到这里，他禁不住潸然泪下。

已经日上三竿，厨子王背着砍的柴下山。有其他樵夫从他的身旁路过，问他："你也是山椒大夫家的奴仆吧？一天砍几担柴呀？"

"让我一天要砍三担柴，可我砍不了多少呢。"厨子王实话实说。

"一天三担柴，那到这时候砍两担就够了。你看，柴要这样砍。"说着，那位樵夫放下自己的柴，手脚利索地帮他砍了一担。

厨子王也打起了精神，好不容易自己也砍了一担，到下午时又砍了一担。

姐姐安寿来到海滩，她沿着岸边向北前进，不一会儿就到了挑海水的地方。她同样不懂如何挑海水，只能在心里鼓励自己，但她刚把瓢放进水里就被海浪给冲走了。

另一个在旁边打水的女孩，手脚麻利，迅速把她的瓢抓住了，转头对她说道："像你那样打水可不行，来让我教你怎么做吧。你要用右手这样用力捞，再用左手这样抓住桶接水。"女孩顺手帮她打了一担海水。

"太谢谢您了，我好像也知道怎么打了，让我自己来试试。"安寿终于也学会了打水。

安寿的天真样子让在身旁打水的那个女孩备生好感。两个人坐在一起一边吃午饭,一边聊起了各自的身世,聊到高兴时还结拜成了姐妹。那个女孩是伊势人,名叫小荻,是大夫家从二见浦买来的女孩子。

这一天就这样过去了,姐姐按规定挑了三担海水,弟弟砍了三担柴,只是都靠别人帮助了一担,在天黑之前终于顺利完成了工作。

姐姐挑水,弟弟砍柴,日复一日地重复着。姐姐会在海边想念弟弟,弟弟也会在山上牵挂姐姐。等到傍晚回到棚屋,他们彼此手拉着手,一起思念分散在筑紫和佐渡的父亲母亲,说着说着就哭了,哭完又接着说。

十天时间很快就过去了,他们这时就必须得离开学徒棚屋了,男奴要搬到男奴组,女仆则搬去女仆组。

姐弟两人说即使死他们也不愿分开。管家只好上报给了山椒大夫。

大夫说:"简直胡说八道,把男奴给我打进男奴组,把女仆给我拖到女仆组去!"

管家应声刚要起身时,一旁的二郎急忙阻止了他,然后转身对父亲说道:"父亲大人,本应当依照您的吩咐,把这俩小孩分开的。但他们声称宁死不从,既然如此糊涂透顶,难保他们真的会去寻死。虽然他们也砍不了几个柴,也打不了几担水,但无端少了俩人终归不划算。让我来想个办法吧。"

"嗯,这倒也是。我才不干赔本的事,你看着去办吧。"

山椒大夫说完，扭头走了。

于是，二郎吩咐手下在三门处搭了一个小棚屋，让姐弟二人住在那里。

一天黄昏时分，俩孩子又像平日一样诉说着对父母的思念。这一幕恰好被路过此处的二郎听到。他平时负责在宅院里巡查，对手下奴仆打架、盗窃、欺凌等行为严加管教。

二郎走进那间小棚屋，对姐弟俩说："你们想念父母又能怎样？这里距离佐渡很远，筑紫就更远了。那都是你们这些小孩子根本去不了的地方。等你们长大了，再想办法去见他们吧。"说完就走了。

几天后的又一个日暮，姐弟俩又聊起了父母的事。这一次被路过这里的三郎听见了。三郎喜欢捉鸟，他正手持弓箭在院子里的树木中寻找。

姐弟两人在聊父母时，想念至极就会"这么办那么办"地胡思乱想一些办法，甚至有些想法就像白日做梦。今天姐姐是这样说的："常言说，年纪小就不要出远门，真是如此啊。但就是想事不可为而为之。我认真想过了，我们俩一起出逃是断难逃出去的。你不要管我，一个人逃走吧。逃出去后先去筑紫找到咱们的父亲，和他商量怎么办，再去佐渡营救母亲就好了。"三郎偷听时，正好是姐姐安寿在说这一番话。

三郎拿着弓箭，突然迈步闯进了棚屋。"哈哈！你们居然敢在这里商量逃跑！凡是逃跑被抓的人脸上都得被打上烙印！这是这儿的规矩。想想烧红的烙铁烫上去会怎么样吧！"

他们都被吓坏了，安寿连忙走到三郎面前，哀求道："我们说的都是胡话。就算我弟弟一个人逃跑，您说他能逃到哪儿？我们就是因为太想念父母了，所以才说了这些胡话。前几天我还说要跟弟弟一块儿变成鸟儿飞走呢。这都是我们在胡说呢。"

厨子王也说："我姐姐说的都是实情。我们在这里尽说些自己做不到的事消磨时光，也让我们减轻对父母的思念。"

三郎认真地看了看他俩的脸色，沉默了一刻，然后说道："哼，就当是假的吧。你们在一起说些什么，我可是都会听得清清楚楚的。"说完，他就走了。

当晚，两个人在忐忑不安中睡着了。不知睡了多长时间，他们突然被一记响声惊醒了。自从搬进了这间小屋，他们就被允许夜里点灯。在微弱的灯光下，他们看见三郎站在床前。三郎忽然上前，用力抓住了他俩的手，然后把他们拖出门来。月色惨白，两人被拖到当初第一次进宅时走过的那条宽甬道上，随后拖过三级台阶，在长廊间绕来绕去，进入了之前的那座大厅。此时，已经有许多人默默地站在厅内。三郎把他们拽到炭火通红的地炉前。他们从一开始就不停地哀求："请原谅！请宽恕我们吧！"但是三郎一声不吭，只管拖着他们前行。后来两人知道没用，索性也不再求饶了。地炉对面，仍然铺着三层褥垫，山椒大夫也仍然坐在上面。他的朱漆脸被左右燃烧的火把照得更加红亮，像要烧着一般。这时，三郎从炭火中抽出已经烧得通红的火筷，拿在手里观赏了片刻。刚才还红得发亮的铁条，正在渐渐变黑。他顺手把安寿拉了过来，作势要把火筷往她脸上烙去。厨子王连忙抱住了他的胳膊。三郎一脚把他踢倒，用单脚把他踩住，然后在安寿的额头上用火筷烙上了一个"十"字。姐姐的惨叫声顿时响遍整个大厅，打破了周围的静默。三郎把安寿推开，又把脚下的厨子王拉了起来，也在他的额头上烙了一个"十"字。此时又立刻响起了厨子王的哭喊声，与稍微减弱的姐姐的叫声汇合在了一起。三郎丢下火筷，又像刚才拖他们来时那样，把他们继续拖起。他环顾四座之后，绕过长廊，把两个人拖下三级台阶，丢在冰冷的地面上。伤痛和惊惧之下，两个孩子差点儿昏死过去，他们艰难地站起身来，互相搀扶着，浑浑噩噩地回到了三门外的棚屋内。两个人躺下来，像已经断气了一样一动不动。忽然，厨子王叫道："姐姐，快拿出你的地藏菩萨来。"安寿马上坐起来，取出贴身的布袋，颤抖着解开绳结，从中取出了菩萨像，供放在了两人枕边。然后，他们赶忙一左一右跪地磕头。这时，原来实在无法忍受的额头伤痛竟然顿时无影无踪。他们用手摸摸额头，连一点儿伤痕都没有。他们大吃一惊，然后俩人就都醒了过来。

  他们坐起来，互相述说着自己的梦。真是令人难以置信，他们同一个时刻做的居然是同样的梦。安寿连忙拿出了护身菩萨，像梦里那样供在了枕边。叩拜已毕，他们借着微光看向地藏菩萨的额头。只见在白毫[9]的左右两旁，像斧雕石刻一般，有两处清晰的十字伤疤。

---

 [9] 白毫，长在佛的眉间会发出光芒的白毛。

自从两人的谈话被三郎偷听，当晚做了噩梦之后，姐姐安寿的样子发生了很大的变化。她时常紧张兮兮的，眉头紧皱，眼睛直勾勾地盯着远方，而且经常整日都一声不吭。傍晚从海滩归来，之前等着弟弟从山上归来一起聊得火热，而现在却无话可说了。厨子王十分担心："姐姐，你怎么啦？"她说："没事，不要紧。"还故意笑笑。

安寿身上的变化仅此而已。她说话也不前后矛盾，做事也跟从前别无二致。但厨子王看到这个与自己相依为命的姐姐竟然变成这样，感到无比的痛苦，却又无处倾诉。这两个孩子的处境，居然比以前更加孤独寂寞了。

大雪下了又停，停了又下，转眼就要到年底了。男女奴仆们都不再出外做工，而是改在家中干活了。安寿纺织，厨子王捣稻草。捣稻草不用学习，可纺织却并非易事。夜晚，小荻就来教她纺线。安寿不仅对弟弟变得沉默，对小荻也寡言少语了，还经常板起脸来。不过，小荻并不在乎这些，还是很乐意跟她相处在一起。

山椒大夫宅院的大门前也立起了门松[10]。但这里过新年的庆祝并不热闹，山椒家的女孩都很少走出内院，所以没有多少过年的气氛。家中上下只是喝喝酒，奴仆们在棚屋内吵闹一番而已。平时吵闹是会受到严惩，可这时管家会格外宽容，即

---

[10] 松树，日本人过新年时，在门前装饰"门松"。

使有时奴仆们打架打得有人受伤,他也睁一眼闭一眼,甚至闹出人命也不管。

三门孤独的棚屋里,只有小荻常常来这儿找安寿玩。她说起话来像要把女仆棚屋里的欢闹气氛带来似的。这时的阴冷小屋里终于也有了些许暖意,就连日渐反常的安寿,脸上也会露出一丝难以察觉的笑意。

三天过后,就又要继续开始干家中的活了。安寿纺织,厨子王捣药草。安寿已经学会了熟练地纺线了,等夜里小荻来时也不需要她再教了。虽然安寿变得沉默寡言,但她做这种单调的工作丝毫不受影响,反而这样做工仿佛能驱走她的愁闷,情绪也安定了许多。

厨子王再也不像之前那样和姐姐谈论心事了,只有小荻来时才和她聊聊天。不过这样倒使厨子王感到心里踏实了一些。

春天来了,海水变暖,小草也开始生长。奴仆们第二天起来就又要到外面去干活了。这天,二郎负责巡视宅院,他顺便来到了三门的棚屋。"你们怎么样?明天能出工吗?这里人虽然很多,但有许多人生病了。管家也忙不过来了,所以今天我要到各处来看看。"

厨子王正在捣草,刚想回话还没来得及开口,姐姐安寿却一反常态地停下纺车,匆忙走到二郎面前抢先说道:"关于做工,我想跟弟弟一起干活,请您允许我和弟弟一起上山砍柴吧!"她脸色白里透红,眼神中闪着一丝光芒。

厨子王看到姐姐今天的神情非同寻常，备感惊奇。对她没有商量过的请求，他也感到非常诧异。但他什么也没说，只是瞪着眼看着姐姐。

二郎不说话，盯着安寿。她反复地诉求："再没有别的请求了，就这一样，请您派我到山上去。"

过了片刻，二郎终于开了口："在这个宅院，派哪个奴仆干什么活，是非常重要的事，只能由我的父亲亲自决定。不过，忍草，看来你是经过深思熟虑才提出来这个请求的。我尽力满足你吧，设法劝说我的父亲。你放心吧。你们两个小孩平安度过这个冬天，已经算是难得了。"说完，他就走了。

厨子王放下捣杵，到姐姐跟前说道："怎么回事啊，姐姐？虽然我很希望你能和我一起上山，但你为什么不经商量就提这样的要求啊？"

姐姐一脸兴奋的样子，说道："不怪你会这样想，其实连我在见到他之前也没有想到，只是突然之间就想这么说了。"

"是吗？真奇怪！"厨子王盯着姐姐的脸，像在欣赏一件珍奇的东西。

不一会儿，管家拿着筐子和镰刀进来，说道："忍草，听说不让你去挑水了，让你砍柴，所以我把工具给你，把水桶和瓢还了吧。"

"这真是麻烦您了。"安寿高兴地站起来，把桶和瓢拿来还给了管家。

管家接过去，但还不肯走，脸上带着一丝苦笑。他对山椒大夫一家人唯命是从，如同尊神敬佛一般，即使事情再残酷无情，他也会不假思索地照做。但他本性并非恶人，心里并不想看到别人的痛喊和挣扎。因此，如果事情能稳妥处理，避免造成惨状，他就觉得再好不过了。这时他脸上的苦笑表情，是当他认为自己给别人添了麻烦，或者一些坏事必须由他来讲时才会有的。

他对安寿说："我还有一件事。其实派你上山砍柴，是二少爷禀报了老爷之后才决定的。但当时三少爷也在场，说如果这样就得先把你改扮成个男子样才行。老爷笑着答应了。所以，我不得不把你的头发剪了送去。"

厨子王在一旁听到这儿，立刻心如刀割，眼泪汪汪地看向姐姐。

没想到安寿脸上的喜色并未减少，她说道："行啊。既然要去砍柴，那我就要有个男子样。请您替我剪头发吧。"说着她就把脖子伸到管家面前。

安寿那一头乌黑发亮的长发，就这样被管家的利刃瞬间割下来了。

次日早上，姐弟俩背起筐子，把镰刀插在腰上，牵着手走出了大门。这是他们到山椒大大这里后第一次一起出门。

厨子王对姐姐的心思捉摸不透，感到既悲伤又狐疑。昨天在管家走后，他曾试着用各种方法试探，但是姐姐一直若有所思，自始至终都没有跟他说这件事。

来到山腰，厨子王再也忍不住了，问道："姐姐，咱们很久没有这样一起走路了。我本该高兴才对，但是我总高兴不起来。虽然已经手拉手，可我就是不敢回头看你的光头。姐姐，你瞒着我想什么心事呢？为什么连我都不能告诉呢？"

安寿今天早上一脸的兴奋，双眼也格外炯炯有神。但她就是不回答弟弟的问题，只是把弟弟的手握得更紧了。

登山的途中有一个池塘。那个池塘边上散落着一些枯苇，像是去年就长在那里一样。小路的两旁，在枯叶中间已经有了小草新发的绿芽。过了池塘往右转再往前走，就有一处山泉从峭壁岩缝中涌出。再往前，就要顺着峭壁左侧的小径向上爬了。

早晨的阳光照在岩石上，显得格外刺眼。安寿发现在一块风化裂开的岩石中间，一株小小的堇菜在那里生根开出了紫色条纹的小花。于是她兴奋地指给弟弟看，说："你看，春天到了。"

厨子王默默点头。姐姐心中的秘密，弟弟无法猜出，只能满怀忧愁，所以长时间无话可说，即使说了话，也像水入沙滩般不知不觉便消失了。

他们终于来到去年砍柴的杂树林，厨子王停下说："姐姐，咱们就在这儿砍吧。"

"不，还是登到高处去看看吧。"安寿走在前面，飞快地爬起来。厨子王满怀心事地跟在她的后面。过了片刻，他们就来到比杂树林那儿高很多的地方，这里就是名叫边缘山的山顶了。

安寿站在上面望着南方，眼光沿着经由石浦注入由良的大云川，向上游尽处远眺，直到相距四公里多远的对岸，停在了茂密丛林中露出塔尖的中山上。她喊弟弟过来："厨子王啊！我这些天一直在想心事，没有和你像以前那样谈心，你肯定觉得奇怪吧。今天我们不用砍柴，你就听我说吧。那个小荻是从伊势买来的，所以她把从她家到这里的路告诉给了我。翻过那座中山再往前走，就离京城不远了。从这里到筑紫去很难，往回走去佐渡也不易，可是要到京城去就一定可以。我们和妈妈一起离开了岩代，一路之上遇到了许多坏人。不过，如果能时来运转，说不准也会遇到一些好人。现在你就从这里逃走去京城吧。只要菩萨保佑，就能遇见好人，也许在那里可以打探清楚父亲在筑紫的下落，也可以到佐渡把妈妈解救出来。现在你把刀筐扔掉，带着饭盒出发吧！"

厨子王默默听着，眼泪不知何时流了下来，说："姐姐，那你怎么办啊？"

"不要管我，你一个人能做的事，就当是咱们一起做的就行了。你见到父亲，接回母亲后，再来解救我吧。"

"可是他们发现我不在，一定不会放过你的。"厨子王脑海中浮现出那一晚的噩梦。

"他们肯定会折磨我，但我会挺住的。他们也舍不得把用钱买的奴仆杀了的。你不在，顶多会让我一个人做两个人的活。就在你说的那片树林，我会砍很多柴的，就算砍不了六担，也能砍四五担。快点吧，咱们从那里下去，把筐子和镰刀放下，我再把你送下山。"说着，安寿就在前面走了。

厨子王一时也拿不定主意，只好默默地跟着走。姐姐今年十五岁，他也十三岁了。不过女孩早熟，还有她像神灵附体一样聪明伶俐，因此厨子王对姐姐非常顺从。

走到树林那里，两人把筐子和镰刀放在地上。姐姐取出了身上的护身菩萨递给弟弟，说："这尊宝贵的护身菩萨在下次相见之前由你保存。你就把这尊菩萨当成是我，和你的护刀一起好好地带在身边吧。"

"可是，你没有了护身菩萨，那……"

"不，你比我会遇到更多危险，应当让护身菩萨来守护你。到晚上你不回来，管家一定会派人追你。不管你跑多快，要是按常规一定会被他们追上的。所以，你要先跑到我们刚才看到的河流上游那处叫和江的地方，偷偷地渡过河到对岸，那就离中山不远了。到那儿后，就去刚看到了塔的那座庙里，求他们把你藏好。在那里暂且躲一时，等追捕的人走后再逃走。"

"可是，庙里的僧人会保护我吗？"

"是啊，这就需要运气了。如果能有好运，僧人会让你藏起来的。"

"好。姐姐今天的话，就像神仙说的一样。我一定都照姐姐说的去做！"

"嗯，你要听我的话。僧人们都慈悲为怀，一定会把你保护起来的。"

"是啊。我觉得也会如此。我一定要逃到京城去，也一定要见到爸爸妈妈，更一定要回来接姐姐。"姐弟俩的眼睛同时闪出了一道光芒。

"快来吧,我陪你到山下,快!"

两个人匆匆忙忙地下山,脚步如飞一样,姐姐那疯狂的想法,似乎也传染给了弟弟一般。

来到了山泉处,姐姐取出饭盒里的木碗,舀起一碗清澈的泉水,说:"我就用这当酒为你送行呢!"说完喝了一口,递给了厨子王。

弟弟全喝干了,说:"姐姐,保重!我一定要逃到中山那里。"

厨子王一口气跑下了十多步的坡路,然后顺着池塘上了大路,随后就顺着大云川的河岸,一路往上游跑去。

姐姐安寿站在山泉边,目送着松林中弟弟忽隐忽现的身影,一直到他消失不见。时光逐渐接近了中午,她却并不想上山。幸好今天没有人到这边的山里来砍柴,所以也就没人来盘问站在坡上消磨时光的她了。

后来,出去追捕姐弟二人的大夫家兵,在这个坡下的池塘边上,捡到了一双小草鞋,那正是姐姐安寿的。

一大群人围在了中山国分寺的山门前,数不清的松明火把,影影绰绰地照得那里分外耀眼。山椒大夫的儿子三郎手执白柄长刀,站在众人的前面。

三郎站在寺庙大殿前,大喊道:"我们都是石浦山椒大夫的族人,来这里是因为有人发现,我父亲的一个奴才逃到了这座山里。这里除了寺内就没别的藏身之地了。你们还是快把人交出来吧！"手下众人也随着附和："快交出来！"

一条极宽的石板路从大殿处通到山门外。三郎和他拿火把的手下将这条路全部占满了。庙内几乎所有的僧人，也都站在了石板路两旁。他们听到了这群追捕者在山门外的吵闹，想弄明白发生了何事，都纷纷惊讶地从正殿或僧房里跑来。

开始时，当三郎他们在门外喊叫时，僧众怕开门放他们进来后会撒野胡闹，大家都主张不给他们开门。寺庙住持昙猛律师[11]到来后，才想要把门打开。可是这时，三郎又大喊着要让僧人交出逃跑的奴才，殿门关得紧紧的，一时里面悄无声息。

三郎跺着脚又重复叫喊了几遍，手下人也跟着喊："和尚，开门啦！"其中还有嘈杂的笑声。

过了好一会儿，殿门才缓缓地打开。昙猛律师走了出来，只见他站在大殿的台阶上，斜披一件偏衫[12]，样子也不算威严，背后的长明灯发着微光。灯光摇曳之下，人们看清了他那魁梧高大的身躯，浓眉大眼，脸上棱角分明。他今年刚满五十岁。

律师缓缓地开口说话了。刚刚还喧嚣吵闹的追捕者，见到律师的风度就都安静了下来。所以，住持的声音院子四周都听得分明："你们为什么来这里搜捕逃跑的奴才？本寺没有我的许可，任谁都不可以让人入内的。既然我不知道，那这个人就

---

[11] 律师，一种僧官。日本的僧侣官级分为僧正、僧都、律师三个等级。
[12] 偏衫，有袖了的上半身僧衣。

一定不在本寺。且不说这些，你们深夜手持武器，聚众闹事，在山门外喧哗。我还以为天下大乱，或者朝廷出了叛逆了呢，才命令开门。可你们这算什么？不过是为了追捕一个奴才！本寺是天皇御封的寺院，山门还挂着御赐的牌匾，七重宝塔内藏有御笔金字的经文。你们如果敢在这儿胡作非为，那管辖本寺的太守就不会放过你们的。还有，假如我向东大寺的总寺禀报，到时就不知京城会发出什么指令来。你们还是好好想想吧，早点退出才好。佛家慈悲为怀，我并无恶意，都是为你们着想。"说完，他慢慢地关上了大门。

三郎望着殿门关闭，恨得牙根紧咬，但终究也没有冲进门去的勇气。手下就更不敢了，只是像风吹落叶声一般地窃窃私语而已。

这时，突然有一个人大声喊道："你们说的那个奴才，是不是一个十二三岁的小孩子？要是他，我知道他去了哪里。"

三郎惊讶地望向说话之人，只见是一个老头，模样很像自己的父亲山椒大夫。原来他是寺内的钟楼守护人。老头继续说道："我中午时在钟楼上看到那个小孩了，他从围墙外往南跑了。他虽然体格弱小，但跑得飞快。现在恐怕已经跑出去很远了。"

"好吧，半日之内一个小孩子也跑不了多远，我们快去追！"说完，三郎回身走了。

钟楼守护人站在钟楼上，看着那一列火把出了山门，在围墙外向南跑去后，突然哈哈大笑起来。附近树林里的两三只乌鸦刚要入睡，又被他的笑声吓得飞上了天空。

第二天，有很多人从国分寺向各个方向分派出去。去往石浦方向的人，带回了姐姐安寿投水自尽的消息。向南去的人，打探到三郎及其手下走到田边就返回家去了。

又过了两天，住持昙猛律师离开寺院，向田边走去。他手拿一个脸盆大小的铁制钵盂，拄着胳膊粗细的锡杖。厨子王紧跟在他后面，这时他已经剃光了头，穿上了僧衣。

两人白天走大路，晚上借宿在沿途的寺庙里。这一天来到了山城，昙猛律师将厨子王交给寺庙的朱雀野[13]律师，他们就在那里分手了。

"保护好你的护身菩萨，就一定能打听到你父母的消息。"昙猛律师嘱咐之后，就踏上了归途。厨子王心想：大师的话，和姐姐说的多相似啊！

厨子王到了京城后，因为他是一副僧人模样，所以就住到了东山的清水寺内。

他住在寺院客房里。次日早上醒来，一个老人站在自己的床前，只见他身着便服，头戴乌帽，下穿裙裤，一身官卿的打扮。他说："你是谁家的孩子？假如身上带着什么宝贝，请给我看一看。我来这里是为我女儿祈求化解灾病的，昨晚刚在这里斋戒参拜。昨晚做梦得到佛祖的启示，说是睡在这里的一位童子身上有一尊护身菩萨，可以借来膜拜。早上我急忙赶来，发现

---

[13] 朱雀野，京都朱雀大路以西，已成为城郊野外的地方了。

只有你在这里。请你说明来历,把护身菩萨借我拜上一拜吧。我是关白师实[14]。"

厨子王说道:"我父亲是陆奥府丞正氏,他十二年前到筑紫安乐寺后就没有了音信。那一年我刚出生,母亲带着我和三岁的姐姐迁往岩代的信夫郡居住。后来我慢慢长大,母亲就带着我们上路寻找父亲。不承想到了越后,被可怕的人贩子盯上,母亲被拐卖到了佐渡,我和姐姐被卖到了丹后的由良。姐姐在那里投水自尽了。我的护身地藏菩萨就是姐姐给我的。"说完,他就取出了护身菩萨给他看。

关白师实接过护身菩萨,先举过头顶拜了一拜。然后他翻来覆去地仔细看了一个遍,说道:"这是闻名已久的、尊贵的放光王地藏菩萨金像,是从百济国[15]传来,由高见王供奉的。既然是祖传的佛像,那你所说的就无须怀疑了。那年是太上皇在位时的永保初年,受太守行为不端株连,平正氏被降职到筑紫去了,你一定就是他的亲生儿子了。你如果想还俗,将来就能加官晋爵。你先暂且到我家做宾客,和我一起回府吧。"

关白师实所说的女儿,其实是他的内侄女,作为他的养女

---

〔14〕 关白师实,藤原师实(1042—1101),日本院政时期的公卿。关白,日本官职名,平安时期设立此职,例由摄政转任,辅佐天皇位极人臣,位在太政大臣之上。

〔15〕 百济国,朝鲜西南部古国。371年建都汉城(现名首尔),660年灭亡。

嫁给了太上皇。这位太后本来久病在床，谁知借厨子王的护身菩萨膜拜以后，居然立马灵验，身体大好起来。

帮厨子王还俗后，师实又亲自为他进行了加冠礼。与此同时，他又向筑紫派去自己的使者，带着赦免书去找人。然而使者到达后，访查得知平正氏已经去世了。在此期间，厨子王元服[16]后改名正道，他听到这个消息悲伤得面容憔悴了许多。

在这一年的秋季封典中，正道被封为丹后太守。这只是一个遥领的虚职，本人并不必须到任，在那里只设一名府丞代为管理。正道太守上任后做的第一件事，就是在丹后的全境之内禁止买卖人口和蓄养奴隶。听到消息后，山椒大夫不得不将自己手下所有的奴仆全部解放，改为花钱雇用他们。当时他还觉得这是一个巨大的财产损失，但不久他家的田耕和手工艺比之前还要兴旺，他的家庭反而更加富有了。正道太守把救命恩人昙猛律师升为了僧都，和姐姐关系最好的小荻也被送回了故乡。他在安寿自杀的池塘边举行了庄重的祭奠仪式，并在那里修建了一座尼姑庵。

在任职的丹后，正道办完这些事后就特请了官假，微服过海来到了佐渡。

佐渡首府设在杂太。正道到了那里，委托当地衙役在辖区内查找母亲的下落，但是很久都没有消息。

这一天，正道因前景黯淡感到心事重重，便单身出了旅店，

---

[16] 元服，日本古代贵族男子11—16岁时的冠礼。

到外面随性而行，不知不觉中便离开了喧闹的市区，来到了一条田间小路上。艳阳高照，碧空如洗。正道边走边想："母亲，您在哪儿啊？为什么还找不到您？是不是因为委派他人去找，而自己不亲自查访，被神佛怪罪了，所以我们母子才不能见面呢？"

忽然，他看到前面一处很大的农家院落。场院由稀疏的杂木篱笆围着，中间铺着满满的席子，上面晒着刚刚收割的谷穗。只见一个衣衫褴褛的女人坐在正中间，手持长竿，在那儿不住地轰赶飞来啄食的麻雀。她嘴里喃喃自语，像是在哼什么歌曲小调。

正道不知为何，被这个女人吸引住了，停下了脚步看着她。女人蓬头散发，脏兮兮地沾满了灰尘。她两眼无神，原来是个瞎子。正道觉得女人十分可怜，耐心地听着她嘴里念叨的歌词，不一会儿逐渐分辨清楚了。这时，正道像是突发疾病一样浑身颤抖，热泪盈眶。因为那女人反复念叨的歌词是这样的：

想念我的安寿啊，哎呀嗨！

想念我的厨子王啊，哎呀嗨！

鸟儿也有生命啊，

快点儿逃吧，你们我不赶。

正道心神迷离，听得呆住了。霎时间，他浑身热血沸腾，差一点就要疯狂怒喊出来，但他极力控制住自己。这时，正道再也管不了许多，像脱缰野马般冲上前去。他脚步凌乱，跪倒在女人面前。他用右手举起护身菩萨，俯身将它放在自己的额头上。

女人感觉到这不是鸟儿,而是一个人在糟蹋谷穗。于是她停止了唱歌,用自己看不见的眼睛盯着前面。这一刻,像晒得干瘪的海带又在水里泡开了一样,她两眼开始湿润,瞬间睁了开来。

"厨子王!"女人脱口而出,母子两人瞬间紧紧拥抱在了一起。

鱼玄机

1915年4月

鱼玄机因杀人而被收监入狱，这一消息迅速传遍了长安城，因此事大大出人意料，闻者无不感到惊讶。

唐代道教盛行，因皇室为李姓，道士将此作为天赐机缘，于是强言老子为皇室之先祖，宣称侍奉老子即等于供奉宗庙。玄宗天宝年间，于西京长安建了太清宫，东都洛阳造有太微宫，其余重要城邑则皆修紫极宫。每至既定之日，各处都举办庄严隆重的祭祀典礼。长安城内，太清宫之下还设有许多楼观。道教之观，如佛教之寺，僧侣居于寺，道士居于观。众多道观中，有名为咸宜观者，女道士鱼玄机便居于此。

鱼玄机素以美貌著称，其容姿不如赵飞燕之瘦，倒更似杨玉环之肥。她迈入道家之门，难道是厌倦了脂粉遮蔽天生的丽质？事实却非如此，她平日里涂脂抹粉，甚爱梳妆打扮。她入狱时乃懿宗咸通九年，年方二十六岁。

鱼玄机在长安城士大夫中声名显赫，并不只因其美貌，还因她善于作诗。不消说,诗在唐朝最为鼎盛,先有陇西李白、襄阳杜甫出则誉满天下,后有太原白居易接踵而起,曲尽古今人情。《长恨歌》《琵琶行》妇孺皆知,竞相诵唱。宣宗大中元年,白居易离世。是年鱼玄机仅是五岁幼童,天资聪颖,乐天之诗自不必说,与之并称的元稹之诗,她也多能背诵,古体今体合计竟有数十篇之多。十三岁时,她即能作七言绝句,十五岁时,好事者便已开始传抄鱼家少女之诗。如此一位才貌兼具的女诗人,竟然犯下杀人之罪,无怪乎耸动城内视听了。

鱼玄机出生于长安一僻街小巷中,需由大街拐进,即所谓"狭斜"[1]之地。当地各家各户皆蓄养歌伎,鱼家便是其中的一户。当玄机说想要学诗时,父母欣然答应,延请邻街一穷学究至家中教她平仄韵脚之法,为的是将女儿好好调教,日后成为摇钱之树。

大中十一年的春天,鱼家几名歌伎常被一酒楼叫去陪酒,客人乃是宰相令狐绹之子令狐滈,一同前来的还有他的好友贵公子斐诚。另外,还有一位温姓陪客,令斐二人都叫他"钟馗"。两位公子哥都身着华服,而温氏却破衣烂衫,邋遢不堪,还总被派遣支使,歌伎们本以为他只是个奴仆。但当这位温钟馗酒酣意足之时,就开始对两位公子恶语相向、肆意责骂,又命歌伎们弹琴吹笛,自己纵声歌唱。他的歌声豪爽清朗,唱的皆是

---

[1] "狭斜"本意指僻街曲巷,后多指冶游之地。

闻所未闻的妙词佳句，且韵律和谐，绝非行外之人所能为。温氏眼白且满脸胡须，故有了"钟馗"的诨名，歌伎们这些日子见惯了他被两个小白脸公子欺侮，也就常戏弄他，但此时却一个个围至他身边，洗耳恭听。从此之后，歌伎们便同他亲近了许多。温氏也会借其琴笛演奏，不论吹弹，技艺皆精，远非歌伎们所能比。

返回鱼家的歌伎们常常谈起温氏，玄机便将此说与学究先生。先生听后大惊，说道："那位'钟馗'怕是太原的温岐。他又名庭筠，字飞卿，因科考时叉手八次间便成诗八韵，故得诨名'温八叉'。'钟馗'是因他相貌极丑。当今诗人，除李商隐外无出其右者。温李二人，再加上段成式，被世人称为三名家，但段实则略逊一筹。"

鱼玄机听了先生的话后，每当歌伎们从令狐公子的酒宴上回来，都要询问温庭筠之事。歌伎们每次遇到温氏，也会向他提及玄机。终于有一日，温庭筠出于对作诗美女的好奇，前来鱼家拜访。

温鱼两人见面，她在温氏眼中，犹如一朵含苞欲放的牡丹花。温庭筠虽然与权贵子弟同乐，实则已年过不惑之年，其容貌亦不负"钟馗"之名。开成初年，他已迎娶妻室，一子年龄与玄机相仿，名叫温宪。

玄机正襟恭迎温氏进来。起初，温氏只当她为一寻常歌伎，见此情景也不禁以礼相待。等二人交谈片刻，温氏便察觉她绝非等闲之辈。因为这一国色天香的及笄少女，并无半点娇羞之态，言谈之间俨然一副男子风范。

温庭筠言道:"闻卿工于赋诗,如有近作,敢请一观。"

玄机答曰:"儿不幸尚未遇良师,怎堪称之近作。今蒙伯乐一顾,当奋蹄千里。还请先生试赐一题。"

温庭筠不禁失笑,此女竟自比千里良驹,让他觉得实不相称。

此时玄机起身取过笔墨,置于他面前。于是,温氏当即写了"江边柳"三个字。玄机思索片刻,口占五律如下:

赋得江边柳

翠色连荒岸,烟姿入远楼。
影铺秋水面,花落钓人头。
根老藏鱼窟,枝低系客舟。
萧萧风雨夜,惊梦复添愁。

温庭筠诵之,不由得拍手称赞。之前他曾七次赴考,科场之中常见堂堂男儿搜肠刮肚,却难写一言半句,较之眼前这位少女,真是远远不及。

温庭筠从此之后便经常拜访鱼家,二人更是赋诗唱和不断。

温庭筠于大中元年三十岁时,才首次出太原赴京应进士举。他才思敏捷,一寸烛火尚未燃尽,他便已写就停笔。看见相邻诸生苦苦思吟,他忍不住伸手相助。之后,他每讲考场都会替七八人代写诗文，其中有人已然及第，而他却屡屡落榜。

谁料温庭筠的声名在科场之外却遍布长安城。大中四年，官拜宰相的令狐绹与他结识，以之为席间常客。令狐绹在一次酒宴上问起《庄子》中一典故，温庭筠当即答之，但其措辞让人很不受用："此乃《南华篇》中事，该典并非生僻。相公于襄理政务之余，还望多多读书才是。"

还有一次，宣宗非常喜爱《菩萨蛮》词调，令狐绹遂填词献上，实乃温庭筠代之。绹叮嘱他切不可泄露，但温氏喝醉后便将此事说与旁人。另外，他还曾言"中书堂内坐将军"，讥笑令狐绹才学不足。

温庭筠之名传至宣宗耳中。有一次，宣宗在举人中求对，出上句"金步摇"，温氏则对之"玉条脱"[2]，得到极大赞赏。不过，宣宗有微服出宫的癖好。温氏得到赏识不久，与宣宗在一酒楼偶遇。温庭筠不辨龙颜，交谈没几句便口出狂言，非常无礼。

沈询出任考官之时，在科闱中为温氏特设一席，左右皆空。温之诗名日隆，帝与宰相俱爱其才，却鄙夷其为人。温庭筠之姊嫁与赵颛，也曾为了弟弟的功名向权贵之辈求情，却毫无成效。

且说温庭筠好友之中有个名叫李亿的豪富，比他小十几岁，

---

〔2〕条脱为古代臂饰，状似手镯。步摇为女子发钗，上有垂珠，随行走而摇动。

颇善诗词歌赋。

咸通元年春，久居襄阳的温庭筠回到了长安，李亿便来拜访。温氏在襄阳刺史徐商属下任一小吏，时日一久心生倦怠，于是辞职返京。

当时，鱼玄机的诗稿放于温氏书案之上，李亿读罢甚是赞赏，询问该是何等女子。温庭筠告之曰，那是一花容月貌的少女，自己三年之前开始教之作诗。李亿听了，又细细打问了鱼家的所在，之后便心不在焉，匆匆告辞。

离开温氏住宅后，李亿立即前往鱼家，露出纳玄机为侧室之意。所提聘礼之丰厚，让玄机的父母心动不已，便命她出来与李亿见面。

是年玄机已年满十八，其容貌之美，绝非温氏初逢时可比。李亿亦是白面美君子，再则求亲之意颇为殷切，玄机也未坚拒，于是当场将亲事定了下来。数日之后，李亿就将鱼玄机迎娶至城外林亭。

此时，李亿以为自己临时起意便抱得美人归，真可谓春风得意。谁料却遭遇一意想不到的障碍。每当他想与玄机亲近，对方便会躲避，若是用强，对方则会哭闹。结果林亭竟成了棘手之地，每每让他夜晚乘兴而来，清晨又败兴而归。

到此地步，李亿不免生疑，玄机是否身有隐疾呢？但若是如此，她当初该极力推辞亲事才对。他又觉得，鱼玄机似乎并不厌恶自己，因为她一哭泣时，便会倚靠他身上呜咽不止，一副痛苦不堪的模样。

李亿常常来了兴致，却从未能如愿，徒然耗费一番精力。渐之，他坐卧行走间便显得神思恍惚，怅然若失。

李亿原本有妻室，妻子见他的举止异常，便留意其行踪，又收买其仆从，终于得知玄机藏身林亭之事，夫妻二人遂开始不和。有一日，岳父到李亿家中兴师问罪，逼得他赌誓定将玄机赶走。

李亿到林亭游说玄机返回娘家。玄机不从，说是即使父母肯收留，自己回去也难以忍受姐妹们的嘲讽欺压。于是，李亿只好将玄机托付给了故交赵炼师道士。玄机入咸宜观成为女道士，这即是由来。

鱼玄机才智非凡，其诗裁切工巧，非等闲之辈所能及。认温氏为师后，玄机一边博览典籍，一边专心练习，几至废寝忘食之地步。同时，她谋求诗名之心也与日俱增。

鱼玄机嫁与李亿前，有一次前往崇真观，看到南楼有以状元为首的进士题名榜，她慨然赋诗曰：

游崇真观南楼，睹新及第题名处
云峰满目放春晴，历历银钩指下生。
自恨罗衣掩诗句，举头空羡榜中名。

由此诗可知，玄机空具女子身形，却暗持男儿心志。然而，既为女儿身，便不免会有恋慕男子之意，只不过此为蔓绕树木之心，并非床笫之欢。正因有此心，她才肯应允李亿之聘；亦因不恋此欢，林亭之夜才会那般索然无趣。

不久，鱼玄机进了咸宜观。临别之时，李亿赠予财物，可使她在观中衣食不愁，安心度日。赵炼师教授道家经典，她欣然习之。她对研读经史已习以为常，道家言论反倒迎合了她求新猎奇之心。

当时，道家习惯于修习"中气真术"。每月朔望二日[3]，提前斋戒三天，修习所谓的"四目四鼻孔"之法。玄机既入道观，自然也得依规修习。一年多后，玄机忽然悟道。她成为一名真正的女子，明白了与李亿在林亭时不曾明白之事。此时为咸通二年春。

共同修行的女道士中有一人对诗稍懂一二，玄机和她日渐亲密，二人同食共寝，互诉心事。那人名叫采苹，玄机曾以诗相赠：

赠邻女

羞日遮罗袖，愁春懒起妆。

易求无价宝，难得有心郎。

枕上潜垂泪，花间暗断肠。

自能窥宋玉，何必恨王昌。

---

[3] 朔日即农历每月初一，无月之日；望日即每月十五，月圆之日。

采苹娇小随性，且年方二八，故总受年长沉稳的玄机压制。二人争执时，采苹总会败退哭泣，此情形几乎每日有之，但转瞬便和好如初。其余女道士见她们如此亲密，便称之为"对食"，在旁戏谑嘲笑，此皆因羡妒之故。

入秋后，采苹忽然失踪了。同时，在赵炼师处塑像工匠也请辞离去。之前嘲讽二人的女道士们纷纷向赵炼师禀告玄机境况孤寂时，赵却笑道："苹也飘荡，蕙[4]也幽独。"

赵炼师对于依规修习道法要求甚严，至于出入道观则并无太多理会。鱼玄机诗名日盛，慕名求诗之人也越来越多。这些人中，有的会馈赠金银珠宝，有的是听闻玄机貌美，便以求诗为由登门意图一睹芳容。甚至有一天某士子竟然携酒进观，欲与她同饮，玄机忙唤来仆从，将那人赶了出去。

采苹走后，玄机待人接物的态度却忽然剧变。有略通文字之人上门求赐诗稿，她便以好茶相迎，留之畅谈。受厚待之人得意离去，便约友再次前来。久而久之，玄机好客之名就在长安士人间传遍，就连其中的酒色之徒也不再怕被逐出门了。

与此相反，玄机对那些不懂诗文、只图其美貌的人毫不留情，只要来见便羞辱一顿赶将出去。某些不学无术的纨绔子弟混在熟客中一道拜访，即使幸免一场责骂，但主客作诗联句、填词谱曲之时，定然自惭形秽，独自悄然离去。

虽然玄机与众客尽兴嬉笑，但当曲终人散后，便会怅然独

---

[4] 玄机字幼微，又字蕙兰。

泣，辗转反侧至深更。在如此难眠之夜，玄机曾赋诗一首，寄给旅途中的温庭筠。

寄飞卿

阶砌乱蛩鸣，庭柯烟露清。
月中邻乐响，楼上远山明。
珍簟凉风著，瑶琴寄恨生。
稽君懒书札，底物慰秋情。

诗简寄出后，玄机便苦苦盼望温氏回信。但等多日后收到对方回信，她又似颇为失望。这并非温氏书信之过，而是因她心有所求，至于所求何物，连她自己也不清楚。

某一夜，玄机依旧于灯下沉吟呆坐，忽感心神不宁，于是起身在房间内徘徊片刻，将桌上物件一时拿起一时放下。苦思良久，她终于铺开信纸写下一首诗。此为乐师陈某而作，他曾在十几日前与两三位贵公子一起来观中拜访过。陈某要比玄机年少一些，身材壮硕，面容俊美，见面后虽少言寡语，却始终笑望着玄机的言谈举止。

感怀寄人

恨寄朱弦上，含情意不任。
早知云雨会，未起蕙兰心。
灼灼桃兼李，无妨国士寻。

苍苍松与桂，仍美世人钦。
月色苔阶净，歌声竹院深。
门前红叶地，不扫待知音。

次日，陈某收到诗信，便立刻前来咸宜观。玄机连忙让仆从闭门谢客，并引陈某入内。不多时，从玄机的斋房中隐约传出二人的低语声。陈某在夜深之后，才告辞而去。自此之后，陈某便可以不经通报直接出入玄机的斋房，而且每逢陈某来时玄机都会闭门谢客。

由于陈某来访的次数逐渐频繁，其他客人就经常被拒于门外了。那些上门求诗索字的人，只能先赠予钱财后再不断央求，如此方能遂意。

一个多月后，玄机辞退了手下的仆从，只留用了一个老婢。这个老婢容貌极丑陋，性情古怪，几乎从不与人说话，所以外人很难知道咸宜观内情形。于是，玄机与陈某得以不受外界烦扰地尽情温存了。

陈某时常出外旅行。即使这些时候玄机也不再应酬，只是深居简出，与诗为伴，并将诗作寄给温庭筠请求斧正。温氏读过玄机这些诗作，发觉诗句里闺中柔情渐渐增多，而道家闲适则日益消散，不禁备感诧异。至于玄机做李亿侧室不久后分手，又到咸宜观当女道士之缘由，他已经从李亿那里全部得知。

如此，平安度过了七年光阴。这时玄机无论如何也不会想到，一场横灾会降至自己头上。

咸通八年岁末，陈某又出门游玩，留玄机一人在观中寂寞度日。其间，她寄给温庭筠的诗中，居然有"满庭木叶愁风起，透幌纱窗惜月沉"这种前所未有的凄凉诗句。

咸通九年初，陈某尚未回来，老婢却病逝了。老婢无依无靠，自己便早早备下了棺木。玄机为她料理了后事后，雇了一个名叫绿翘的十八岁少女接替她做女仆。那少女容貌虽显平常，但聪颖妩媚。

陈某回到长安城，便来咸宜观拜访。此时已是阳春三月，玄机迎接之情恰如渴久之人骤遇甘泉，故而那些时日陈某几乎每日必到。在此期间，玄机数次目睹陈某对绿翘口出戏谑之语，初始时她并未在意，在她眼中还未把绿翘当成女人。

玄机时年二十六岁，眉清目秀，气质高雅，令人不敢直视。她出浴时脸会放出琥珀色光辉，肌肤丰泽，犹如无瑕之美玉。而绿翘额低腮短，脸如狮子狗，四肢粗大，且脖颈与手肘处总是脏污不堪。玄机对她没有戒备之心，自然在情理之中。

时日不多，三人间的关系越发微妙起来。之前，倘若玄机之言行不尽如人意，陈某便会寡言少语，甚至沉默不言。可如今遭逢这种境遇，陈某便会和绿翘交谈，语气甚是温柔。玄机每每听及，便不禁心如刀绞。

一日，几位女道士邀请玄机一同去往某处道观。出门前，玄机将道观名称告知了绿翘。等她黄昏时分回来，绿翘已在门口迎候，说道："您出门后，陈郎来过。小婢告知了您的去处，陈郎只应了一声，便回去了。"

玄机陡然变色。以前自己不在家时，陈某也曾常来，每次都会在斋房等候。可今日明知自己只是去往附近，却不等便甩手离去。玄机此刻感觉，陈某与绿翘间似乎藏有秘密瞒着自己。

玄机默默回到斋房，坐下沉思片刻。猜疑之心越来越重，忌恨之情也愈加旺盛。绿翘迎候时脸上若有若无闪过轻蔑的神色，陈某以温柔之语抚慰对方的情景，此时此刻历历在目地浮现于自己眼前。

这时绿翘将点燃的烛火端进了房中。她貌似平静，但在玄机眼中却显得阴险无比。玄机突然起身，将房门锁紧，厉声斥问她。绿翘只顾说着"不知道，不知道"，玄机便觉得她甚是狡猾，将跪地的她一下推倒。绿翘惊恐地瞪大双眼，玄机叫道："为什么不说实话！"双手就卡住了她的喉咙。绿翘不停挣扎，手脚乱舞。过了片刻，待玄机松手时，她已然气绝。

玄机杀死绿翘之事，很久都未被人发现。次日陈某来到咸宜观时，玄机本以为他会问及绿翘，谁知却未曾问起。后来，玄机一边说"绿翘昨晚离开这里了"，一边暗中观察陈某脸色。对方只是应了一声，好像毫不介意。咸宜观后面，因掘地取土而留有一大坑，前一晚玄机将绿翘之尸搬至坑里盖土掩埋了。

之前，玄机因为与陈某私通这个"活秘密"，数年前便开始闭门谢客。如今又有了杀害绿翘这个"死秘密"，她日日心惊胆战，担心如果继续谢客，那些寻找绿翘下落的人就会怀疑到咸宜观来。于是，此后如有客人迫切求见，玄机便强作镇定地接待一番。

初夏的一天，两三位客人来到观中，其中一人到咸宜观后面乘凉，发现挖土后的坑中又填有新土，无数绿头苍蝇聚在上面。那人只是觉得惊异，并没多想，随口告诉了自己的仆从。仆从又告诉给了自己的兄长。兄长乃是官府衙役，数年前曾在清晨瞅见陈某从咸宜观中出来，便以此要挟玄机索要银钱，却被一笑置之后不再理睬。他从此对玄机怀恨在心，如今听了弟弟的诉说，便想到小婢失踪与土坑中的腥膻之气恐有关联。于是，他同几名衙役带着铁锹闯入咸宜观，将后面的土坑挖开，便发现绿翘尸体就埋于不足一尺深的土下面。

京兆尹温璋听过衙役诉说，遂立即传令将鱼玄机抓捕归案。玄机没做任何抗辩，便低头认罪。乐师陈某虽也过堂受审，但他并不知情，被当场释放。

李亿等曾与玄机相识的诸多朝野人士都怜惜其才华，想方设法来搭救她。当时，温庭筠在远离京师的方城为吏，无法为玄机出力。

然而案情重大，证据确凿，京兆尹也不敢枉法，立秋时上奏过懿宗后，将鱼玄机处以极刑。

鱼玄机被处决后，哀悼之人甚多，其中最为伤痛的恐属身在方城的温庭筠。

在玄机被处死的两年前，温庭筠流落扬州。彼时扬州刺史正是大中十三年被罢相位的令狐绹。温氏怨恨他明知自己才华出众,却不加重用,所以连名帖也未送上。一天晚上,温氏在妓院醉后遭一个都虞侯[5]殴打,脸面受伤,门牙被打断,因而怒告对方伤人。令狐绹命双方当面对质。都虞侯将温氏的不检点行为一一数落,最终被判无罪。案情传至长安,温庭筠上书权贵为自己分辩。当时身居宰相之位的乃徐商、杨收二人,徐商有意庇护之,而杨收却不让,最终将他打发至方城做了小吏。诏令中说道:"孔门以德行为先,文章为末,尔既德行无取,文章何以称焉。徒负不羁之才,罕有适时之用。"温庭筠后迁隋县,死在任上。温氏之子温宪及弟温庭皓,皆在咸通年间擢升任用。庞勋之乱[6]中,温庭皓于徐州被杀,此乃鱼玄机被处斩三个月之后的事了。

---

[5] 都虞侯是唐后期设置的官职,为藩镇节度使的亲信武官。

[6] 即庞勋起义,粮官庞勋于唐咸通年间领导桂州(今广西桂林)戍兵反唐,后庞勋战死,起义失败。

高濑舟

1916年1月

高濑舟是一种在京都高濑川[1]上往返穿行的小船。德川时期,京都的犯人被判流放荒岛时,犯人的家属会被传唤至监狱中,在此与其告别。之后,犯人便会被押上高濑舟,送往大阪。通常押送犯人的公差都隶属于京都府衙。依照惯例,他们可以让一名犯人家属随同上船,陪犯人前去大阪。虽然这并不是上司明文规定的,但也都听之任之,对此网开一面。

当时,被流放荒岛的自然都是被认定犯下重罪之人,但那种杀人越货的穷凶极恶之人并不多。登上高濑舟的犯人,一大半是因为一念之差铸成意外大错的人。举个非常普通的案例,

---

[1] 高濑川是京都中南部的运河,17世纪初开凿,因高濑舟往来其间,故名高濑川。"高濑"意为浅滩。

本来计划彼此殉情——当时叫作"相约死"[2]，但将女人杀害后，男人却苟活下来，当属此类。

在寺院的晚钟敲响之时，犯人便登上高濑舟起程。小船在住着密密麻麻人家的都城两岸间顺流而下，一路向东直穿加茂川。犯人和亲属在船中秉烛夜谈，彼此絮絮叨叨地诉说着各自的人生际遇，常常哀叹着追悔莫及。船上公差在旁边听得即使不经意，也就对他们的惨状了解得清清楚楚。犯人的遭遇，毕竟是那些只会在大堂上听听供述、在书案边看看供状的府衙老爷们，做梦也不会想到的。

当差值役之辈，性情也是各种各样。这时，狠心的公差就会觉得烦躁，恨不得闭耳塞听。但也有的公差心肠软，非常同情他人的悲痛，因为自己的身份而不能表露出来，只是暗自神伤。甚至有的时候，犯人及家属的遭遇分外残酷，押送公差又属慈悲之人，那他就难免会潸然泪下。

因此，到高濑舟上当差押送，被府衙的差役认为是一件避之唯恐不及的苦差事。

这件事发生在哪个年代呢？也许是在白河乐翁侯[3]主政

---

[2] 德川时代前期，尤其元禄年间（1688—1704），日本社会兴起过美化"情死"的风潮，当时的风俗小说和戏剧多以此为题材，所以幕府禁用"情死"一词，民间代之以"相约死"。

[3] 白河乐翁侯，即松平定信（1758—1829），德川幕府后期政治家，陆奥白河藩主，号乐翁。他善理藩政，后出任幕府的最高辅政官"老中"，主持改革。

江户的宽政年间。一个春季的日暮时分,智恩院的晚钟响起,樱花纷纷飘落,一个前无先例的奇怪犯人被押送上了高濑舟。

他名叫喜助,是一个年约三十岁的流浪汉。因为没有亲人来狱中告别,所以他只身一人上了船。

这一次是一个名叫羽田庄兵卫的差役负责登船押送犯人。在这之前,庄兵卫听说这个犯人杀害了自己的亲弟弟。他把喜助从监狱里带到码头,见这个人瘦骨嶙峋,脸色苍白,态度却非常恭顺,把自己当成官老爷一样毕恭毕敬,凡事都毫不违拗。而且可以看得出,那种顺从不是犯人常有的故作谄媚的装腔作势。

庄兵卫为此心中不解。作为官差,他上船后自然要尽力监视犯人。另外,他也暗中观察喜助的一举一动。

这一日夜色降临,风卷云舒,弯月穿行其间。已是初夏时节,河水的温热转换成雾气,在两岸的土壤及河面上浮动。小船离开下京城区一带,穿过加茂川之后,周围变得空寂起来,只有船头划破水面的哗哗声响。

犯人是可以在船上睡觉的,而喜助却没有睡,他举头望月,陷于沉默之中。云层忽浓忽淡,月光也忽明忽暗,喜助脸色宁静,眼中闪烁着丝丝光亮。庄兵卫没有盯着他看,但用余光始终注意着他的脸,心里不免啧啧称奇。喜助不管如何看都像是要面露喜色,如果不是因为他在一旁,说不准他这时就已经打起呼哨、哼起歌来了。

庄兵卫心想,自己在高濑舟上当差押送犯人不知道有多少次了,那些犯人虽然各有不同,但差不多都是一副惨不忍睹的可怜模样。这个喜助却不知为何,居然像出外坐船游玩一样。听说他杀害了自己的弟弟,即使他弟弟是个浑蛋,或者另有原因,但是考虑人情,也绝对不该有这么好的心情的。难道这个外表瘦弱的家伙,内心毒辣无比,是个十恶不赦的坏人?可是看他又不太像。难道他精神不正常?也不对,他的言行举止都是看似合乎情理的。那到底是怎么回事呢?望着喜助的脸色,庄兵卫百思不得其解。

此刻难熬,庄兵卫终于忍耐不住,喊道:"嘿,喜助,在想什么呢?"

"在。"喜助答应一声,环顾四周,端坐起身,望向庄兵卫,似乎在想自己有什么地方令官差不满意了。

庄兵卫突然发问之后,觉得自己有点儿鲁莽,他这样并不是出于自己的职责,而是很想知道实情,于是小声说道:"哦,没有什么。只是刚才就想问问你,要被送到岛上的心情如何?在这之前,我用高濑舟送过很多人。每个人的遭遇都各不一样,不过一想到要在荒岛度过余生,都感到痛不欲生,与在船上的家属痛哭一晚。可是看你的样子,好像对此不以为然。你到底怎么想的?"

喜助笑了一笑,说道:"多谢官差老爷的关心。对其他人来说,流放岛上的确算是一件伤心事。小人我也能体会他们的心情,但那都是因为他们之前活得太轻松了。京都当然是一个好地方,但就在这个好地方,我吃的苦却是在哪儿都比不上的。

府衙老爷大发善心，留我一条活命，把我放逐到荒岛上。岛上即使艰苦，也不是魔鬼住的地方。在此之前，不管哪里，小人都没有安身之所。但这次老爷下令让我留在岛上，我自然谨遵老爷吩咐，安心待在那里，而且感激不尽。小人虽然看上去体弱，却从不生病，到那里后，不管多累多苦，小人也不会弄垮身体。更让小人没想到的是，去岛上还有两百文的赏钱，就在这里。"

说完，喜助用手摸向胸口处。的确依照当时法令，对流放荒岛的罪犯，府衙会发两百文钱给他们。

喜助接着说："不怕官差老爷您笑话，小人还从没像这样过，自己的身上居然会有两百文钱。从前，我到处打工，一旦有活就卖力去做。可是挣来的钱大都右手进左手出，转手到了别人那里。那还算宽裕之时，有钱吃饭就是好日子。但更多的时候都得借债还债。自从进了牢狱，不干活也能吃上饭，就凭这我就万分感谢府衙老爷了。走出狱门，还能得到这两百文钱。如果以后还是能吃官家饭，这两百文钱就不用动，一直留在小人这里，成为小人个人拥有的钱财，这真是破天荒的头一回。到那儿以前，不知道那儿有什么活可以做。但小人想着，能把这两百文钱当作在岛上开始生活的本钱。"

说完，喜助就不再说话了。

庄兵卫听后，嘴上嗫嚅道："哦，这样啊。"犯人的这一番话大大出乎他的意料，一时之间他不知该说什么，陷入了沉思之中。

庄兵卫已近不惑之年，与妻子生有四个孩子，家中还有老母，总共七口人一起生活。他平日里俭朴成性,以至于常有人说他吝啬,衣着只有当差的制服和一件睡衣。不幸的是,他的妻子出自富商之家,虽然也努力计划靠丈夫微薄的薪水过上好日子,但自幼娇生惯养之下她很难适应这样节省过活,常常令丈夫很不满意。他们家月底经常超支,妻子就从娘家拿钱来贴补家用,而且还不敢告诉丈夫,因为他像讨厌毛毛虫一般讨厌欠人钱财。可是,庄兵卫不可能自始至终毫无所知。每当妻子说这是"五节之礼"[4],从娘家拿回来点东西,或说是孩子"七五三节之礼"[5],是收的娘家给孩子的衣物,他都备感不悦,如果再发现妻子居然一直背着他花娘家的钱,那脸色就更难看了。他们家长年虽然没什么大事生起波澜,却也经常因此闹出不快。

庄兵卫现在听了喜助的说辞,不由得和他比较起了自己的境况。喜助靠卖苦力赚的钱,不久就到了别人兜里,其遭遇确实非常值得人同情。但自己再比照一下,和他又有什么区别呢?自己也不过如此,府衙发下俸禄,自己一手领来一手交出,交到妻子手里维持一家的生计。彼此的区别也就如同毫厘,只不过是账簿上的数字之差而已。喜助还有两百文钱的藏私,而自己却连这点儿体己都没有。

如果将账簿上的数字大小忽略掉,那喜助因藏有两百文钱

---

〔4〕"五节",江户时期一年中的五个重要节日,即人日(正月初七)、上巳(三月初三)、端午(五月初五)、七夕(七月初七)、重阳(九月初九)。

〔5〕"七五三节",当男孩三岁、五岁,女孩三岁、七岁时,于十一月十五日举行祭祖活动,以祝贺孩子成长。

而欢欣也就不奇怪了。自己对他这种心情倒是能够理解的。但不管怎样不在乎账簿上的数字大小，喜助那知足而乐的心态还是难免让人费思量的。

喜助因为在社会上找不到生计而遭罪受苦，但只要找到了活路就努力去干，如果能勉强糊口就会心满意足。他坐牢后，以前吃不上的饭菜仿佛凭空而来，不用干活就能吃饱，这使他备感惊奇，终于体会到未曾有过的满足。

庄兵卫懂得，无论如何认为只是数字多少不同，彼此之间也确实存在巨大差别。他家靠他的薪水度日，即使常有亏空，也还能勉强平衡维持，但自己几乎从来没有感到知足，每天在浑浑噩噩之中麻木过活。在他的心中总藏有忧虑：万一哪天丢了差事该怎么办，倘若患上重病又该怎么办？每当他知道妻子私自从娘家拿钱贴补家中开支，这种忧虑便会从心里浮出来。

彼此这种明显的差异是怎样产生的呢？如果只看表面，喜助无牵无挂，而自己家有老小，仅此而已。不过，这只是一种托词，就算也是单身汉，自己也一定不会拥有喜助那种心态，其根源也许在更深之处，庄兵卫这样想道。

庄兵卫茫然思索着人生。如果患上疾病，便会想没有病该多好；如果吃不上饭，便会想能吃饱该多好；如果没有积蓄，便会想攒点钱该多好；等有了点积蓄，便又想钱再多些多好。这样一直想，就会永远也停不下来。庄兵卫现在才觉得，眼前的喜助给自己做出了"停下来"的榜样。

庄兵卫心有触动，再次用惊奇的眼光盯住喜助。这时，他觉得正在仰望星空的喜助头顶仿佛有一道毫光[6]放出。

庄兵卫呆呆地看着喜助的脸,禁不住喊道:"喜助君。"他呼对方名字改为尊称,多半是无心顺口说之。话一出口,庄兵卫便觉得非常不妥,但如同覆水已然来不及收了。

"在。"喜助答道。被用尊称呼唤,他像是一时搞不明白,受宠若惊地看向庄兵卫。

庄兵卫感到有点尴尬,说:"我的问题可能有点强人所难,不过我还是想知道。听说你之所以被流放荒岛,是因为犯了命案。其中缘由,你能否说说?"

喜助貌似坐立不安,答了句"遵命",便低声述说开来:

"小人一时失了心智,做出可怕之事,这真不知从何说起。如今回想一下,自己都难以理解怎么会如此冲动,就像走火入魔一样。在我小时候,父母便丢下我和弟弟两人,双双感染瘟疫离世。之后,街坊邻里照顾我们,如同可怜丧家之犬一般。我们为乡人跑腿办事,换取一些衣食,居然就这样活了下来。随着渐渐长大,我们就开始自谋活路,彼此做活时也尽量在一起,相依为命,互相照顾。

"去年的秋天,我和弟弟一起到西阵[7]的织锦作坊做纺织活。没过几天,弟弟便染上重病,不能再做工了。那时我俩住

---

[6] 毫光,如来佛祖眉间白毛向四方发射的光。
[7] 西阵位于京都上京区,是日本近世以来丝绸业的中心。因"应仁之乱"时西军阵营驻扎此地而得名。

在北山的一个小窝棚里,我每天穿过纸屋川桥去作坊干活,弟弟就在棚里等我,天黑后我才能给他买回一些饭菜来。他总是说,让我做工养他,心里非常过意不去。

"那一天,我跟平常一样回到窝棚,没想到会发生意外,只见弟弟趴在地上,周围都是血。我大吃一惊,赶忙丢下手里刚买的笋皮包饭,跑上前托起弟弟,问:'弟弟,怎么啦?发生了什么事?'弟弟抬起头,脸色苍白,脸上和脖子处都沾满了血,望着我一句话都说不出来,大口喘着气,伤口还在汩汩作响。我惊慌失措,只是不住地问:'怎么吐血啦?'正要凑上身去查看,弟弟用右手支在铺板上,将身体抬高了一些,左手紧握住脖子,五指间布满了黑色血痂。

"弟弟张嘴示意,意思是让我不要靠近。终于,他努力挤出声来:'哥哥对不起,不要怪我……这病没个好,我不如早死,你还轻松些。我本打算,割断了喉咙就能死得快些,可是光流血,却死不了。我想再割狠点,刀却滑到一边。刀刃太钝了,插得巧才能毙命。啊,太难受了……快,快帮我拔出……'

"弟弟松了手,气又从脖子的伤口处漏出来。我想说点什么,却说不出来,无助地去看他喉咙的伤口。他一定是用右手拿剃刀对着喉管横割下去,却没有立刻死成,只能又把剃刀扎了进去。刀把还有大约两寸留在外边。看着这种惨状,我呆坐那里,只顾望着弟弟的脸,弟弟也盯着我看。

"终于我说出了话:'坚持住,我去找大夫。'弟弟眼里露出绝望的神情,左手又紧按住伤口,说道:'大夫,没用了……

啊，疼……快，帮我拔出，哥哥，求你……'

"我手足无措，心惊胆战，只能盯着弟弟。这种时候，奇怪的是居然可以靠眼神来交流。弟弟痴怨地看着我，眼里说的是：'快啊，快！'我的头摇得像个拨浪鼓，弟弟一直在用眼神催促我。慢慢地，他眼神里的怨变成了恨，好像我是他的仇人一般，用眼神瞪向我。

"看他这种状况，实在惨不忍睹，最终我想还是照他的想法办吧。我哭道：'没办法了，那好吧，我拔！'弟弟顿时眼神一亮，像是终于得以解脱。我跪到地上，心一横，向前探过身去。弟弟把撑在铺板上的右手松开，左手也不再摁在喉咙处，整个身体躺了下去。我抓住刀把，闭上双眼，猛地拔了出来。

"刚好这时，窝棚门被邻居的婆婆推开了。她是当我不在家时托付来照料弟弟吃药的。晚上屋里昏暗，不知道她看到了什么，大声喊叫着便推门跑出去了。拔刀时，我一心求快，没想到割断了先前没断之处。刀刃向外，也许把脖子整个割断了。我握着剃刀，呆呆地看着婆婆进来又跑了出去。她跑出去后很久，我才回神，赶紧去看弟弟，已经没有了气息。他的伤口流了太多的血。我把刀放到一旁，望着他的脸，他双目微闭，已然是一具尸体。就这样，直到地保带着一群老人赶来，把我押送到了官衙。"

诉说这一番话时，喜助的身体微微前倾，不时仰望一下庄兵卫的脸色。说完之后，他低头看向了自己的膝盖。

喜助的叙述条理清晰，甚至是超乎寻常的清晰。这是因为在之前半年的时间内，他反复回忆当时情状，还有在堂上被审讯问，他曾经一再小心翼翼地复述这一过程。

听了喜助的经历，庄兵卫仿佛亲眼见到了当时的情景。听到中间时，他不禁生疑：难道这真的是杀害弟弟？真的是杀人吗？直到喜助的话说完，庄兵卫的疑惑仍没有解开。弟弟求哥哥拔下刀来，来让自己死个痛快，哥哥帮他拔了刀，弟弟就死了，哥哥就被认定杀害了亲弟弟。如果他放任不管，弟弟还是会死，而且会死得非常痛苦。喜助不忍心看着弟弟遭受更多痛苦，于是帮他解脱了，这难道就是犯罪？杀人无疑是犯罪，但这种杀人是为了帮他解脱痛苦啊。想到这里，庄兵卫心中的疑虑就怎么也解不开了。

庄兵卫思虑万千，最后想道：这种事只能听凭上边官爷的裁判了，听凭权威，相信奉行[8]大人的裁判，一成不变地当成自己的判断就好了。话是如此，但却总觉得不能释怀，真想当面问问奉行大人。

夜深人静，高濑舟在朦胧月色中载着这两位默默无语的人，划破了黑色水面的平静。

---

[8] 奉行是日本武家社会的官职名，此指京都町奉行，他主管京都的行政、司法、警务等，直属江户幕府。